すみれ飴

花暦 居酒屋ぜんや

坂井希久子

時代小説文庫

角川春樹事務所

目次

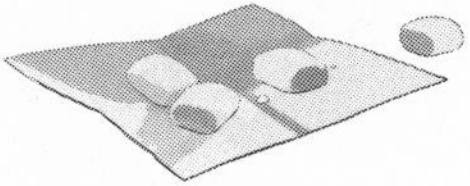

花暦
居酒屋ぜんや
地図
寛永寺
不忍池
清水観音堂
池之端
湯島天神
おえん宅
神田川
神田明神
酒肴ぜんや
(神田花房町代地)
浅草御門
昌平橋
筋違橋
お勝宅
(横大工町)
田安御門
俵屋
売薬商
(本石町)
菱屋
太物屋
(大伝馬町)
魚河岸
(日本橋本船町)
江戸城
日本橋
京橋
升川屋
酒問屋(新川)
虎之御門

すみれ飴

花暦　居酒屋ぜんや

〈主な登場人物紹介〉

お花《はな》……………只次郎・お妙夫婦に引き取られた娘。鼻が利く。

熊吉《くまきち》……………本石町にある薬種問屋・俵屋に奉公している。ルリオの子・ヒビキを飼っている。

只次郎《ただじろう》…………小十人番士の旗本の次男坊から町人となる。鶯が美声を放つよう飼育するのが得意で、鶯指南と商い指南の謝礼で稼いでいる。

お妙《たえ》……………居酒屋「ぜんや」を切り盛りする別嬪女将。

お勝《かつ》……………お妙の前の良人・善助の姉。「ぜんや」を手伝う。十歳で両親を亡くしたお妙を預かった。

おえん……………「ぜんや」の裏長屋に住むおかみ連中の一人。左官の女房。娘はおかや。

「ぜんや」の馴染み客

菱屋《ひしや》**のご隠居**……大伝馬町にある太物屋の隠居。只次郎の養父となった。

升川屋喜兵衛《ますかわやきへえ》……新川沿いに蔵を構える酒問屋の主人。妻・お志乃は灘の造り酒屋の娘。

俵屋《たわらや》**の主人**……本石町にある薬種問屋の主人。

菫《すみれ》の香

一

トントン、コトコト。

ほどよく温められた夜着の中、階下から漂ってくる香りに意識がふっと掬《すく》い上げられる。

甘く香ばしいのは米の炊《た》けるにおい。それから鰹出汁《かつおだし》。味噌《みそ》ではなくて、澄《す》まし汁だ。昨夜の残りの、烏賊《いか》と大根の煮物を温め直しているのも分かる。

夢うつつで嗅《か》ぐ、朝餉《あさげ》のにおい。こんな幸せがあるなんて、九つになるまで知らなかった。じんわりと胸に広がる温《ぬく》もりを握りしめるようにして、体を小さく折り畳《たた》む。

もう少し、このままで。だけど正直な腹の虫がくうと鳴いて、早く起きろと急《せ》かしてくる。

そろそろ潮時《しおどき》か。あんまりぐずぐずしていて、だらしない子と呆《あき》れられても困る。

さて、起きると決めたら動かねば。お花《はな》はがばりと身を起こし、布団を畳む。寝間着から縞柄《しまがら》木綿《もめん》の着物に手早く着替え、鏡台を覗《のぞ》いて乱れた髪を撫《な》でつけた。

手拭《てぬぐ》いを持って、階段を下りてゆく。朝餉のにおいがよりいっそう濃くなって、鍋《なべ》釜《かま》の触れ合う音がする。この家に引き取られてからの朝の目覚《めざ》めは、いつだって優しい。

神田《かんだ》花房町代地《はなぶさちようだいち》に店を構える、居酒屋『ぜんや』。客のいない店内に、養い親二人の声が響く。

「だからね、お妙《たえ》さん。今年こそ花見弁当を売っちゃどうかというんですよ。きっと評判になって、飛ぶように売れますから」

「それについては、去年も言いましたよね。上巳《じようし》や端午《たんご》の節句は一日限りだからいいですけども、桜の見ごろに毎日お弁当を出すとなると手が回らないって。算盤《そろばん》を弾《はじ》くのも結構ですが、うちの本分は居酒屋だということをお忘れなく」

またやってる。お花は唇の端で苦笑する。隙《すき》あらば商《あきな》いを大きくしようとする養父と、足元を見ろと諭《さと》す養母。同じような話を、よくもまぁ飽きずに繰り返しているものだ。

「でもまぁ、お花ちゃんもいることですし」

自分の名前が持ち出され、階段を下りる足が途中で止まった。息を殺し、耳をそばだてる。

「あの子をあてにするのはやめてください」

養母の突き放すような声に、ずくりと胸が疼《うず》いた。

足音を立てないよう気をつけて、お花はゆっくりと二階に戻ってゆく。階段の一番てっぺんまで引き返してから、あたかも部屋から出てきたばかりのように、わざとらしくくしゃみをした。

会話が止《や》んだのをたしかめてから、また一段一段、下りてゆく。階段は店の小上がりに続いている。

「お花ちゃん、おはよう」

床几《しょうぎ》に腰掛けていた養父の只次郎《ただじろう》が、屈託《くったく》のない笑顔で振り返る。町人らしく後《うし》ろの髱《たぼ》を少し出した銀杏髷《いちょうまげ》、結城《ゆうき》木綿縞の着物を着流しに、媚茶《こびちゃ》の羽織《はおり》という風体だ。

「風邪《かぜ》かしら。大丈夫？」

見世棚《みせだな》の向こうの調理場からも、養母のお妙が気遣わしげな視線を投げてくる。煮炊きの湯気に包まれて、歳《とし》を感じさせぬ美貌《びぼう》がうちけぶっている。

お花は言葉を発するより先に、首を左右に振った。

「おはよう。鼻が少し、痒《かゆ》かっただけ」

そう口にしてから、「むず痒い」のほうが正しかったかもしれないと思い直す。それでもべつに、言い直すほどじゃない。

「ならいいんだけど。朝餉、すぐにできるから顔を洗ってらっしゃい」

お妙に促《うなが》され、頷《うなず》き返す。そのつもりで手拭いを持ってきた。お花は小上がりの縁《へり》に座り、下駄《げた》を履《は》く。

「ああ、ちょっとお待ちなさい」

勝手口に向かおうとして、只次郎に呼び止められた。手招きされ、なにごとかと近づいてみれば、懐《ふところ》から取り出したものを握らせてくる。

四文銭五枚で、二十文。お花はなにごとかと目で問いかけた。

「今日は初午《はつうま》だからね。小遣いだよ」

「ああ」と、ほとんど声には出さずに呟《つぶや》いた。

寛政《かんせい》十一年（一七九九）、如月《きさらぎ》六日。二月はじめの午の日は、稲荷《いなり》神社の祭礼だ。子供たちの祭りでもあり、近所の家々を回って小遣いや菓子をせびってゆくのが慣《な》わしになっている。

懐で温められた銭の手触りに、お花は眉《まゆ》を寄せた。

「私もう、十四だけど」

「なぁに、私たちの子になってからはまだ三年だ。幼子《おさなご》だよ」

幼子と言うには、無理があるのではなかろうか。お花は近ごろ若木のように伸びてゆく、己の手脚を見下ろした。

「もらっておきなさい。後で、甘いものでも食べに行くといいわ」

お妙にも勧《すす》められ、それならばと帯の間に銭を仕舞う。この二人と暮らすようになるまで、小遣いなどもらった覚えがない。だからどうしても、喜びより困惑が勝ってしまう。

それよりも、早く顔を洗ってこなければ。飯がすでに炊き上がったにおいがしている。お妙をあまり、待たせたくない。

再び足を勝手口に向ける。だがなにか、忘れている気がする。二歩三歩と歩みを進め、「あっ！」と大事なことを思い出した。

慌てて只次郎の元に引き返す。すぐそこなのになぜか、息が切れる。緊張しているのだと分かった。

「あの、ありがとう！」

只次郎もお妙も、実母のお槇《まき》を知っている。あんな女の子供だから、まともに礼も言えぬと侮《あなど》られてはいまいか。

違う、小遣いをもらうことに慣れていないだけで、感謝していないわけじゃない。

どうか、嫌わないでほしい。

どきどきしながら、只次郎の顔色を窺《うかが》う。そこには怒りも蔑《さげす》みもなく、ただ慈悲《じひ》深い笑みがあるだけだ。

「どういたしまして」

優しいにおいがする。この人は、はじめて会ったときからそうだった。

この養父母には声を荒らげられたことも、打《ぶ》たれたこともない。それなのにどうして、涙が出そうになるのだろう。

顔を、洗ってこなければ。お花は身を翻《ひるがえ》し、下駄を鳴らして駆けだした。


九つの秋に、実の母に捨てられた。

なにも言わずにある日突然姿をくらまし、待てど暮らせど帰ってこない。火の気のないあばら家で真っ暗な夜を三度過ごし、それに気づいたお妙と只次郎に手を差し伸べられた。

正式にその養い子となったのが、三年前。もしかしたらお槇が戻ってくるかもしれないと、二年のうちは様子見をしていたらしい。

そんな気遣いは、べつにいらなかったのに。只次郎たちはお花に知らすまいとしているが、お槇が男と共に江戸を出たことは知っている。子供の耳は、大人が思っているよりずっと聡《さと》いのだ。

「お槇さんにも、きっと戻れない事情があるのよ。暮らし向きが悪くてもお花ちゃんを苦界に売らず、傍《そば》に置いていたんだもの。子を思う心はあるはずよ」

養い子となる手続きを終えた後、お妙にそう言って慰《なぐさ》められた。肩を抱く手の温もりに、お花は「違う」と内心首を振っていた。

お槇が娘を売らなかったのは、自分よりいい暮らしをさせたくなかったからだ。苦界といえど、おまんまは毎日食べさせてもらえる。長じて売《う》れっ妓《こ》にでもなれば、綺《き》麗《れい》なべべも着せてもらえる。

二束三文で体を売っていたお槇とやっていることは同じでも、境遇はまるで違うのだ。食べるものがなにもなくて草木の根を齧《かじ》って餓《う》えをごまかし、鳥の餌《えさ》のような粟《あわ》をつつく。そんな地べたを這《は》いずり回るような暮らしからお花だけが抜け出すのは、ずるいじゃないかと思っていたに違いない。

たぶん、憎まれていたのだ。恋仲だったという侍から捨てられたのも、その後身を持ち崩してしまったのも、お前のせいだとよく言われた。

「子でもできればお妾《めかけ》にしてもらえると思ったのに、とんだ見込み違いだよ。お前さえいなけりゃ、その後だってどこぞのお大尽《だいじん》にでも見初《みそ》められていたろうにさ。子を産んだせいで、すっかり容色が衰《おとろ》えちまった」

見た目の衰えは自棄《やけ》になって酒を呷《あお》り続けたせいだろうに、安酒に酔うと決まってお槙はお花を打ち据《す》えた。気分がむしゃくしゃするときに、好き放題に打っていい相手が必要だったことも、お花が苦界に売られなかった理由の一つであったろう。

でも優しいお妙は、我が子を心底憎める親がいることを知らない。そしてまたお花自身、実の親からそんな目で見られていたことを知られたくはなかった。

だから、黙した。肩に伝わる手の温もりが、二度と離れていかないように。

頬《ほお》を寄せたお妙の懐からは、ほんのりと甘く、華やいだ香りがした。腐った魚に似たお槙の体臭とは雲泥《うんでい》の差で、お花の口元は面映《おもは》ゆさにきゅっと窄《すぼ》まったものだった。

二

朝餉を終えてからは、やるべきことがたんとある。

まずは『ぜんや』とは裏木戸を挟《はさ》んで隣り合っている『春告堂《しゅんこくどう》』での、鶯《うぐいす》の世話からだ。

こちらは養父、只次郎の店である。飼い鶯の声をよくするための鳴きつけを生業《なりわい》としており、その他に商家の依頼で商いの指南をしていたりもする。物を売り買いするわけでもないのに金が生まれるのだから、おかしな商売である。

夫婦で別々に店を構えているのも、ずいぶん変だ。いっそ一つにまとめてはどうかと思うのだが、この時期の『春告堂』の二階を見れば、どだい無理な話であると分かる。

なにせ預かりの鶯だけでも十一羽。只次郎の飼い鶯を含めれば十四羽。それぞれ籠《こ》桶《おけ》に入れられて、ひと部屋を占領してしまっている。鶯を本来より早く鳴かせる「あぶり」を入れる場合にはもうひと部屋も使うし、雛《ひな》が出回る季節になればまた預かりが増える。

さらには一階に人を集めて、鶯指南や商い指南をまとめて行う場合もある。親子三人が寝起きすることも考えれば、店を一軒にまとめると手狭になってしまうのだ。

「あ、待ってお花ちゃん。その子は太りすぎているから、こっちの鮒粉《ふなこ》を減らした餌にしてやって」

只次郎と二人、擂鉢《すりばち》で鮒粉や青菜の配分が違う餌を作り、餌猪口《えちょこ》に入れてゆく。朝晩の餌やりと籠桶の掃除だけでもひと苦労だ。その上只次郎は、それぞれの鶯の体調の変化もよく見ている。ここの鶯たちは皆、細やかな世話を受けた礼に、美しく鳴くようになるのではないかと思う。

それだけに江戸一の美声と謳《うた》われたルリオと連れ合いのメノウが死んだときの、只次郎の落ち込みようといったらなかった。お花が養い子になって間もなくのことで、立て続けの死にお妙の作る飯さえ喉《のど》を通らないようだった。

「しょうがないよ。飼い鶯の寿命は七、八年と言われる中で、ルリオは十年も頑張ってくれたんだ。メノウは子まで産んでくれた。この子たちには感謝しかないよ」

そう言って気丈に振る舞ってはいたが、立ち直るのに半年はかかったものである。

ルリオとメノウは『春告堂』の裏に丁重《ていちょう》に葬《ほうむ》られ、墓には毎日水が供《そな》えられている。お花も野の花を見つけては、墓に持って行ってやる。こんな小さな鳥でも日々真心を込めて世話していれば、情が湧《わ》く。そんなことも、はじめて知った。

それなのに、どうして自分は実の母から情を向けられなかったのだろう。

少しでも好かれたいと思い、お槇の言いつけはよく守っていたつもりだ。日が暮れるまで帰ってくるなと言われれば、外が炎暑でも吹雪《ふぶき》でも、あてどなく歩き回って時を潰《つぶ》した。打たれたところがひどく腫《は》れても「泣くな」と命じられ、夜着とも呼べぬ襤褸布《ぼろぬの》に包《くる》まって疼きに耐えた。

けれども、好かれはしなかった。「愚図《ぐず》、のろま、役立たず」と罵《ののし》られたように、きっとお花によくないところがあったのだろう。

だから次は、失敗しないようにしないと。

「違うよ、お花ちゃん。鮒粉を減らした餌はこっち」

物思いにふけっていたら、太り気味の鶯にやる餌を間違えた。

「あっ！」と頬に血が上る。

「ごめんなさい、ごめんなさい、ごめんなさい」

慌てて餌猪口を取り替える。お花の狼狽《ろうばい》をよそに、鶯はなにごともなかったかのように餌をついばみはじめた。

「いいんだ。いいんだよ、お花ちゃん」

只次郎はお花の失敗を責めない。落ち着かせようとして、背中をゆっくりと撫でてくれる。

この人が、私の本当のお父《とっ》つぁんならどんなにいいか。

出会ったころは、二本差しの侍だった。実の父も侍だったと聞かされていたから、只次郎に父親を重ね合わせて憧《あこが》れていた。「あたしのお父つぁんになってくれないかな」と、口に出したことさえある。

だが念願叶《かな》って父と娘になったところで、不安ばかりだ。表向きは穏《おだ》やかでも、心の中で呆れてはいまいか。役立たずと見限られ、また捨てられるのではないかと気が揉《も》めた。

もっともっと、役に立たなきゃ。お花ちゃんがいなくちゃ困るんだよと、言ってもらえるくらいまで。

もう失敗は、許されない。間違えないよう注意して、少しずつ配分を変えた餌をそれぞれに籠桶に入れてゆく。そんなお花の懸命《けんめい》さを、只次郎はなぜか悲しげな目で見守っている。

ルリオに代わって江戸随一と呼ばれるようになったハリオが、麗《うるわ》しの喉を開いて「ホー、ホケキョ！」と美声を響かせた。

鶯たちの世話が終わったら、次は『ぜんや』の仕込みを手伝う。

今日は初午だから、それにちなんだ献立《こんだて》だ。

鰶《このしろ》の煮つけ、油揚げの葱《ねぎ》味噌焼き、蕗《ふき》の薹《とう》の芥子《からし》和《あ》え、それから赤飯。油揚げと芥子は稲荷神の御使いである狐《きつね》の好物なのだという。

「どうして、芥子？」

油揚げはまだしも、鼻に辛みがつき抜ける芥子を狐は食べないような気がする。

「さぁ、どうしてかしらね」

たいていの質問には丁寧《ていねい》に答えてくれるお妙も、これには首を傾《かし》げて見せた。

お妙でも知らないことがあるのかとお花は驚き、ならば己の知っていることなどこの世の森羅万象《しんらばんしょう》のほんのひと欠片《かけら》なのだろうと考える。

『ぜんや』に出入りするようになったころの自分は、仮名《かな》文字の読みさえ怪しかった。そのことが恥ずかしく、必死に読み書き算盤を習い覚えた。

もはや九つのころの、ぼんやりとした子供ではないはずだ。できることを、もっとたくさん増やしたい。お妙にも、さすがお花ちゃんねと認められたかった。

「鯵の鱗《うろこ》取り、終わったのね。後はやるわ。その間に、芥子を溶《と》いておいてくれる?」

それなのに、いつもこれだ。魚は鱗を取るまで。野菜はよく洗って、言われたとおりに切るまで。お妙は料理の勘所を、お花には教えようとしない。

「捌《さば》くのも、やってみたい」

意を決して、告《つ》げてみる。「お花ちゃんもやってみる?」と切り出してくれるのを待っていたけど、もう十四だ。お妙は養父がこの居酒屋を開いた十一のときから、料理をしはじめたと聞いている。ならば自分はもう、遅すぎるくらいではないか。

つまりは痺《しび》れを切らしたのだ。しかしお妙は困ったような笑みを返した。

「鯲は、案外難しい魚だから」

知っている。この魚は腸《はらわた》を綺麗に取り除いて洗わないと、火を通したときひどく臭《にお》う。祭りのときでもないと見向きもされない魚だから、お槇と暮らした貧民窟《ひんみんくつ》ではその悪臭がよく漂ってきたものだ。小骨も多いので、細かく包丁を入れて骨切りをしなければならないという手間もある。

「だけど――」

あまり食い下がると、嫌われる。でもどうして料理を教えてくれないのかという疑問が、このところずっと胸に渦巻《うずま》いている。

「お花ちゃんは本当に料理が好きで、覚えたいと思ってる？」

「えっ？」

思いがけないことを聞かれた。お妙がいつになく真剣な眼差《まなざ》しでこちらを見ている。

お花には、問われた意味がよく分からなかった。

「芥子、溶くね」

分かったのは、お妙にはまだ料理を教えるつもりがないということだけ。お花は俎《まな》板《いた》の前をお妙に譲《ゆず》り、手をよく洗ってから粉芥子を取り出した。

小鉢に適量を入れて、ぬるま湯を少しずつ加えて練ってゆく。つんとした香りが立ち昇り、鼻を刺して涙を誘う。

やはりこんなもの、狐が好んで食べるとは思えなかった。

ここ神田花房町代地にも、稲荷の社《やしろ》はある。表店《おもてだな》と裏店《うらだな》に挟まれて、小さいながらも赤い幟《のぼり》をはためかせ、住人たちから手厚く祀《まつ》られている。

初午の日はその社にお妙の料理を供えるのも、毎年のことである。

そのお供えと同じものを、昼餉としてお花も食べた。

『ぜんや』の商いがはじまるのが、だいたい昼四つ半（午前十一時）ごろ。その前に、早めに済ませてしまうのである。

お妙の作るものは、いつだって美味《おい》しい。はじめて食べたときにはこんなに美味しいものが世の中にあったのかと、放心してしまったくらいだ。けれども蕗の薹の芥子和えはお花の舌には少しばかり苦みが強く感じられ、芥子の香りは鋭すぎた。

大人たちはこれを、「旨《うま》い」「酒に合う」と言って喜んで食べる。舌が子供だと笑われたくなくて、お花は歪《ゆが》みそうになる顔を取り繕《つくろ》い「美味しい」と呟く。それから赤飯を、少し多めに口に入れた。

「ふぅ、やれやれ。くたびれた」

飯を食べている間に、給仕のお勝《かつ》がやってくる。お妙の前の亭主の姉だというが、再縁が成った今でも仲がいい。出会ったころにはすでに古木のような肌をした大年増《おおどしま》で、それからべつに老《ふ》けてもいない。もしかすると百年後もこのままなのではないかと思わせる、化《ば》け物《もの》じみたところがある。

横大工町《よこだいくちょう》の家から歩いてきただけでひと仕事も終えていないのに、大儀そうに小上がりの縁に座り、煙草《たばこ》をくゆらせはじめる。やたらと煙草を吸うせいで、お歯黒が剥《は》げたところの歯が真っ黄色である。

昼餉を終えて、お花は使った器を手早く洗った。濡《ぬ》れた前掛けを取り替えて、本日の客を迎える用意を整える。料理は教えてもらえなくとも、給仕ではお勝より役に立っていると思う。

「ありがとう、お花ちゃん。今日はもういいわ」

なのにお妙がまた、お花のやる気に水を差す。

「せっかくのお祭りなんだから、お友達と遊んでいらっしゃい」

「でも、店は」

「お勝ねえさんもいるから、大丈夫よ」

お花は頑固《がんこ》に首を振る。只次郎は、商い指南に出ていて留守《るす》だった。

「『春告堂』のお客さんも、来るかもしれないし」

「指南の依頼くらいなら、私やねえさんでも聞いておけるわ。気を遣わないで」

それではまるで、お花などいなくても問題がないかのようだ。いや実際に、ないのだろう。

なんとかここに居場所を作りたくて、五年間頑張ってきた。でもお花は未熟で、その力はとても小さい。

もどかしさに胸を焼かれながら、前掛けを外す。「いつもよく手伝ってくれるから、たまにはね」というお妙の声は、あまり聞こえていなかった。

「ああ、ちょいと」

煙草の煙の向こうから、お勝がお花を呼んでいる。肩を落としたまま近づくと、またもや手に五文の銭を握らされた。

「少ないけど、飴《あめ》でも買っといで」

飴なんてと、胸の内だけで呟く。私が欲しいのは、そんなものではないのに。

それでも同じ過《あやま》ちを、一日のうちに繰り返すわけにはいかない。どうにか言葉を押し出して、お花は「ありがとう」と頭を下げた。

三

「なるほどそれで、うちに来たってわけね」

ほんのりと磯《いそ》の香りが漂う店内で、お梅《うめ》が呆れたように肩をすくめる。娘島田《むすめしまだ》に結《ゆ》った髪を飾《かざ》るびらびら簪《かんざし》には、その名にちなみ、梅の装飾《そうしょく》がなされている。

魚河岸《うおがし》で賑《にぎ》わう、日本橋本船町《にほんばしほんふなちょう》。扱うものの質がいいと評判の宝屋《たからや》には、壁に沿ってずらりと屋号の入った甕《かめ》が並ぶ。中身はすべて、湿気を嫌う海苔《のり》である。

素焼きの甕は湿気をよく吸うので、湿気《しけ》りやすい海苔とは相性がいい。お花は店の座敷に上がり、出された茶を飲んでいた。

「だって、遊んでこいと言われても」

そう言って、唇を小さく尖《とが》らせる。友達なんて、片手で数えられるくらいのもの。

そのうちの一人、裏店に住むおかやを誘いに行ってみれば、すでに同じ年頃《としごろ》の子供たちと出かけて行ったという。あちらはまだ七つ。近隣の家々で小遣いをせびるのが楽しいころである。

「アタシもべつに、暇《ひま》じゃないんだけど」

一方のお梅は仕事中だ。齢《よわい》十六、宝屋が誇る看板娘。お花の相手をしているせいで、うんと歳の離れた義理の兄が土間で客の注文を聞いている。

「ごめん」

「行くところがないなら、ここにいればいいけどさ。海苔食べる?」

「うん」

すっかり春めいてきたこの季節でも、宝屋では手あぶりに火を入れている。海苔を軽く炙《あぶ》って、店に来た客に振舞うためだ。風味のよい宝屋の海苔は炙るといっそう高く香り立ち、購買意欲をくすぐるのである。

ぱりっとした歯応《はごた》えと、口の中に広がる上品な磯の香り。お花は「美味しい」と目を細める。できることなら五枚でも十枚でも食べたいところだ。

「おおい、お梅。こっちにも海苔を二枚」

「はぁい」

香りにつられ、新しい客が入ってきた。お梅はさっと炙った海苔を、義兄のところに持ってゆく。この習慣は只次郎の商い指南をきっかけに生まれたらしく、その企《たくら》みはおおむね成功しているようだった。

「でもさ、お花ちゃんもちょっと後ろ向きすぎやしない?」

お梅が下駄を鳴らしながら戻ってきて、座敷の上り口に腰掛ける。そのまま身を捻《ひね》るようにしてお花と向き合った。

「アタシなんか、店の手伝いはいいから遊んでおいで、なんて言われたら大喜びしちゃうけどね」

元気いっぱいに笑う、お梅の笑顔が眩《まぶ》しかった。困ったときついここにきてしまうのは、お花もそんなふうになりたいからだ。

「どうすればそんなに、自信がつくの。だってほら、お梅ちゃんも――」

決して愉快《ゆかい》な事情ではないから、語尾をぼかして尋《たず》ねてみる。

お梅もまた、親に捨てられた子供だった。実の母が行きずりの男に押しつけて、さらにその男が神田川《かんだがわ》の土手に置いていった。お供えの団子を盗んだ縁でお妙に拾われて、この宝屋の養女に収まったのだ。

境遇は、お花と似ている。それなのに養家とすっかり打ち解けて、実の娘のように振舞っていた。

「ううん、そうだなぁ」

考えをまとめるように、お梅は目玉をぐるりと動かして見せる。

「うちの場合はほら、おっ母《か》さんの肝《きも》っ玉《たま》が太いから。細かいことは気にしないし、ずけずけ物を言ってくるし。だからこっちも、遠慮《えんりょ》がなくなっちゃったのよね」

宝屋のおかみさんは、お梅の前に五人も子を育て上げている。威勢《いせい》がよく、声が大きく、よく笑う。あの人の前に出るとお花は少し気圧《けお》されてしまうから、そこはやはり相性もあるのだろう。

「お妙さんはさ、うちと違って控《ひか》えめじゃない。まだまだお花ちゃんに、遠慮してる。仲良くなりたいならもっと、お互いに胸の内をさらけ出さなきゃ駄目だと思うよ」

「どうやって？」

「一度ゆっくり、話し合ってみなよ。お花ちゃんがなにをどう感じているのか、お妙さんに伝えてごらん。今日だって、遊びに行くより店の手伝いがしたいんだって、はっきり言えばよかったのよ」

簡単に言ってくれる。それができるなら、苦労はしないのだ。

お妙や只次郎に草双紙《くさぞうし》を読んでもらい、文字を覚え、知っている言葉は格段に増えた。そのお蔭《かげ》でばらばらだった思考が一つにまとまりやすくなり、世の中がちょっとずつ明るくなってきた。

でもいざその言葉を音にして出そうとすると、舌が重たくなって動かない。だって音になった言葉はもう、取り消せないのだ。本当に正しい言葉を選べているのか分からないし、相手がそれをどう受け取るのかも分からない。お妙や只次郎は舌がよく回るから、さらに圧倒されてしまう。

「あとさぁ、いいかげん『おっ母さん』って呼んであげたら？」

それもまた、難しい。お花は「うっ」と呻《うめ》いて眉根を寄せる。

二人の養い子となってからも、呼びかたは「お妙さん」「只次郎さん」である。いつまでもそれでは気まずいので、近ごろはあえて呼びかけないようにしているくらいだ。

只次郎はまだいい。だがお妙を「おっ母さん」と呼ぶのは気が引けた。

「だって、お妙さんとおっ母さんは全然違うもの」

「ああ、はいはい。産みの親のほうね」

境遇が似ているだけに、お梅はお花の真意をうまく掬い上げてくれる。

お花は「そう」と頷いた。

おっ母さんと呼びかけると、どうしても頭の片隅《かたすみ》にお槇の顔が浮かんでしまう。粗《そ》野《や》で粗暴で僻《ひが》み根性の強いあの女と、お妙を同じように呼ぶのは抵抗がある。お妙は料理がうまくて美人で優しくて、頭までいい。母と慕《した》うには立派《りっぱ》過ぎる人であった。

「アタシはもう、今のおっ母さんを本当のおっ母さんだと思ってる。たまたま男とお金にだらしない人のお腹《なか》に宿っちゃったけど、巡り巡って本来の場所にたどり着いたんだって。おっ母さんも、『その通りさ』と言ってくれたしね」

歳上のお梅は、お花の前に立ちふさがる山をすでに乗り越え、からりと笑う。「そうだぞ、お梅」と客あしらいをしていた義兄が目に涙を浮かべて振り返り、「本当に妹思いだよねぇ」と常連客にからかわれている。

いいなぁ。お花は羨望《せんぼう》の吐息《といき》を洩《も》らした。

宝屋の兄弟姉妹たちはみな、おかみさんに似て情に厚い。独《ひと》り立ちしたり嫁《とつ》いだりで、残っているのは店を継いだ長兄のみだが、たまに顔を見せるとお梅を猫っ可愛《かわい》がりしている。

お花だって、可愛がられていないわけじゃない。お妙も只次郎もよくしてくれて、毎日お腹いっぱいご飯を食べ、湯にも通い、冬の寒さに凍《こご》えることなく、清潔な夜具で眠りにつく。前の暮らしに比べれば、信じがたいほどに幸せだ。

それなのに、まだなにかが足《た》りないと思ってしまうのはなぜだろう。

「きっとお妙さんも、『おっ母さん』って呼んでもらったら嬉《うれ》しいと思うよ」

小腹が空《す》いたのかお梅は自分でも海苔を炙り、パリッと小さく歯を立てる。それはどうなんだろうと、お花は思わず首を傾げた。

「でもあの人たち、お互いのことも名前で呼び合ってるし――」

只次郎は「お妙さん」。お妙は「只さん」か、せいぜい「あなた」。他の家々を覗いても、そんなふうに呼び合っている夫婦《めおと》など見たことがない。

お梅も「ああ」と頷いて、事もなげに言ってのけた。

「あの二人、変だもんね」

そう、変なのだ。夫婦で別々の店を持っているだけでも珍しいのに、出会ったときには武士だった只次郎が、今では町人だ。お妙と夫婦になりたいがために、惜《お》しげもなく身分を捨ててしまった。只次郎が町人髷を結って髪結い床《どこ》から帰ってきたとき、お花は驚きのあまり小上がりから転げ落ちた。まさか自分の意志だけで、身分を変えられるとは思ってもみなかった。

それほどまでに思い込んだ相手だから、只次郎は夫婦になって五年近く経《た》っても、お妙に首ったけだ。お妙もまたそんな只次郎をたまに突き放したりもするが、まんざらではないらしい。

つまりあの二人は、共にいるだけで充分幸せなのだ。むしろお花の存在が、邪魔になっているのではないかと思う。

なんとなく、胸のあたりがうすら寒い。もしかすると、腹が減っているのかもしれない。

「もう一枚食べる？」

お梅に問われ、頷いた。炙りたての海苔を手渡される。

「こら、あんたたち！」

店先から、女の怒鳴《どな》る声がした。下腹に響くほどの大きさで、お花はびくりと身を縮める。

「なんだい。お客に振舞うための海苔を、パリパリ、パリパリと無駄に食うんじゃないよ」

さっきから話に出ていた、宝屋のおかみさんだ。そんじょそこらの男たちより大柄《おおがら》で、若いころは米俵を二俵肩に担《かつ》いで運べたそうだ。鬢《びん》の毛は半分ほど白くなっているが、顔の血色はよく、艶々《つやつや》と輝いている。

出先から、戻ってきたのだ。お花は手にした海苔とおかみさんを見比べて、どうしようと胸を押さえる。大きな声で責められると、心の臓がどきどきしてなにも考えられなくなってしまう。

謝らなきゃ。とっさにそう考えて、右手に海苔をつまんだまま居住まいを整える。その鼻先に、おかみさんが竹皮の包みを突き出してきた。

甘く香ばしい、醤油《しょうゆ》のにおい。中身は串《くし》に刺さった醤油団子だった。

「海苔ばっかり食べてても腹に溜《た》まらないだろ。これに巻いて食べな」

おかみさんが、いたずらっぽくにやりと笑う。

「さっすが、おっ母さん！」と、お梅が手を打ち鳴らした。


「う～ん、美味しい」

団子も手あぶりで温め直し、海苔に包んでかぶりつく。そのとたんお梅がいかにも幸せそうに両の頬を持ち上げた。

海苔の風味は醤油とよく合う。米との相性は言うまでもなく、米の粉から作られる団子とも合わぬわけがない。

お花もまた、頬をきゅっと窪《くぼ》ませる。古い海苔は歯切れが悪いが、宝屋の海苔はパリッと割れて団子と馴染《なじ》む。

ちょうど八《や》つ時。育ち盛りの腹には嬉しい甘味である。

「お花ちゃんも、美味しいかい」

長男に代わって、おかみさんが店に立つ。どんぐり眼《まなこ》に顔を覗き込まれ、お花は小さく頷いた。

いった。

「いいってことさ」

遠慮しなさんなと、おかみさんが右手を振る。その手をおもむろに、首元に持って

「あの、ありがとう」

いった。

「痒いの？」

爪を立て、肌を掻《か》いている。お花に尋ねられ、おかみさんははたと動きを止めた。

「ああ、そういや痒いね」

「あ、ほんとだ。首のところ、真っ赤になってるよ、おっ母さん」

お梅が立ち上がり、背伸びをして衿元《えりもと》を覗き込む。どうやら首の右側に、発疹《ほっしん》が出ているらしい。

「あっ、さては昼餉に食べてた鯖《さば》の塩焼き、三軒隣の煮売屋のでしょう」

「うん、そういえばそうだ」

「んもう。あそこの魚料理は買っちゃ駄目って、お花ちゃんに言われてたじゃない」

「そうは言っても、安いんだよ」

「安くても、駄目なものは駄目。あーあ、これしばらく痒いわよ。お医者に行って、軟膏《なんこう》をもらってきたら？」

「そうだね、そうするよ」

肌が熱を持っているのか、お梅が腫れたところに手を当ててやる。店の客たちもなにごとかと集まってきた。

「三軒隣の煮売屋？　なにが駄目なんだい」

「使ってる魚が古いんだって。この子、とっても鼻が利《き》くの。だからそういうの、ちょっと嗅いだだけで分かっちゃうのよ」

お梅がなぜか誇らしげに、空《あ》いたほうの手でお花を指し示す。

「そうなのかい？」と尋ねられ、お花は「はい」と頷いた。

宝屋のおかみさんは特に、魚や海老《えび》を食べると発疹が出やすい。それもどうやら、古いものを食べた後になるようだ。だからお花は、三軒隣の煮売屋の料理はよくないと忠告していた。

「へぇ、そりゃすごい。じゃあにおいだけで魚の目利きができちまうね」

客に感心され、お花ははっと息を呑《の》む。

そうだ、目利きのしかたを知らなくても、お花ならにおいを嗅いだだけでその魚が新鮮かどうか分かってしまう。この才は、お妙の役に立つのではなかろうか。

気づいたとたんに、目の前がぱあっと明るくなった。もっともっと、褒《ほ》められたい。

お花の評判が、巡り巡ってお妙の耳に届くくらいに。

「できます。皆さんも、あそこの料理は買わないで」

「そうかい。教えてくれてありがとよ」

口々に礼を言われ、お花は小鼻を膨《ふく》らます。人から感謝されるのが、こんなにも気持ちのいいことだとは知らなかった。

四

おかみさんが医者に行き、留守を預かるのがお梅だけになっても、お花は来る客を摑《つか》まえては三軒隣の煮売屋はよしたほうがいいと言い続けた。

「そうそう、うちのおっ母さんまた発疹が出ちゃってさ」と話を合わせていたお梅も、しだいに顔を曇《くも》らせて、半刻《はんとき》（一時間）ほど経つと「お花ちゃん、もう帰んな」と背中を押してきた。

後ろ髪を引かれる思いがしたが、商売の邪魔になってはいけない。お花は素直に引き下がることにした。

「じゃあ、またね」

「うん、気をつけて」

店先でお梅に見送られ、歩きだす。だが通りの角を曲がろうとしたところで、後ろから衿首を摑んで引かれた。

「ぐっ！」と喉が詰まる音が出る。背後を振り返るより先に、割れんばかりの怒号が降ってきた。

「てめぇか。うちの料理にケチつけてるってぇ餓鬼《がき》は！」

見ればまなじりを吊《つ》り上げた、三十路《みそじ》らしき男である。顔を真っ赤にして、唾《つば》を飛ばして怒っている。

まさか、この男は――。いや、他に考えようもあるまい。

「ちょっと、やめなよ」

騒ぎに気づき、お梅が店番を放《ほう》って駆《か》けつけてきた。それでも「うるせぇ、引っ込んでろ！」と腕を振り上げた煮売屋の気迫に、足がすくむ。

男はお花に向き直り、鼻先を擦《こす》れんばかりに近づけた。

「おう、いったいどういう了見だ。事によっちゃ、御番所に突き出してやるからな」

御番所とは、町奉行所のことだ。それは困る。養い子が罪人になったら、お妙と只次郎が恥《はじ》をかく。

ここは魚河岸、『ぜんや』の常連も多いはず。助けを求めて周りを見回すも、見知った顔はいなかった。おそらくすでにひと仕事を終えて、『ぜんや』の料理に舌鼓《したつづみ》を打っているところだろう。お花たちを取り囲むように野次馬《やじうま》が集まってきたが、彼らはただ見ているだけだ。

「なんとか言ったらどうなんだ！」

衿を摑んだまま揺さぶられても、恐怖のあまり舌が奥のほうで固まっている。煮売屋の口からはたしかに古い魚のにおいがしているのに、なにも言えない。

お梅がしきりに店のほうを気にしているのは、おかみさんの帰りを待っているのか。あの人なら見た目に迫力があるし、機転も利く。だが、医者の診察が長引いているようだ。

情けないことに、足が震える。歯の根も合わなくなってくる。

「はいはい、ごめんよ。ちょっと通しておくれ」

ふいに、聞き覚えのある声が耳に届いた。人の垣根を掻き分けて、一人の青年が進み出てくる。煮売屋の背後から腕を伸ばし、お花の衿首を摑む手を上から握り込んだ。

「すまないねぇ、兄さん。オイラの連れがどうかしたかい？」

「ああ？　どうしたもこうしたもねぇよ！」

煮売屋が、勢い込んで首を後ろに捻る。その視線が、ゆっくりと上がってゆく。なにしろ青年は、六尺（約百八十センチ）近い長軀《ちょうく》である。場違いなほど愛想がよくて、その余裕が不気味でもある。

「ひとまず、この手を放してやっちゃくれねぇか。こいつはオイラの妹みたいなもんでね」

「いっ！」

煮売屋が、喉に絡《から》んだ変な声を発した。痛みを訴えるように顔が歪み、お花の衿元からするりと手が離れてゆく。

見れば青年の手は、煮売屋の拳《こぶし》を包み込めるほどに大きい。「放しやがれ！」と振りほどいた煮売屋の手の甲には、指の痕《あと》がくっきりと赤く浮かんでいた。

「てめぇの妹分なら、滅多《めった》なことはしねぇよう躾《しつ》けときやがれ！」

これは分《ぶ》が悪いと踏んだらしい。それでも煮売屋は虚勢を張り、鼻息荒く去ってゆく。野次馬の垣根が割れて、その後ろ姿を飲み込んだ。

「お前ほんとに、なにしたんだよ」

青年が呆れ顔でお花を見下ろしてくる。傍《かたわ》らのお梅が、ほっと胸を撫で下ろした。

「ああ、よかった。熊吉《くまきち》さんがいてくれて」

「まったくお前は、人よりちょっと鼻が利くからって、いい気になりやがって。そりゃあ煮売屋だって怒るわな。むしろオイラ、悪いことしちまったわ」

お梅から事情を聞かされた熊吉が、説教をしながら後ろをついてくる。精一杯歩を速めても、脚の長さが違うため、難なく追いつかれる。

「うるさい、熊ちゃん。ついてこないで」

「なんだと。助けてもらっといて、そりゃねぇだろう」

「仕事中でしょ」

「そうだけど、送ってやるよ。次の得意先が池之端《いけのはた》だから、どうせ通り道だ」

「いいってば」

熊吉は、今年で十八になった。薬種問屋俵屋《たわらや》の、手代《てだい》である。格子柄《こうしがら》のお仕着せは年季に合わせて色が濃くなり、今や紺《こん》に近くなっている。

以前は俵屋に身を置きながら『春告堂』の手伝いをしていたが、お花が店番を任されるようになると本来の仕事に戻っていった。その間熊吉はたしかに兄のように、お花の面倒を見てくれたものである。

お花にとっては熊吉が、一番遠慮なくものが言える相手かもしれない。ばつが悪くて拗《す》ねて見せても、熊吉はずけずけと文句をつけてくる。

「お前なぁ、なんでそんな子に育っちまったんだ。お妙さんが泣いちゃうぞ」

それはまずい。お花は足を止め、熊吉に向き直る。

「お妙さんには、言わないで」

「そんなわけにゃいかねぇよ」

歳のわりに小柄なお花は、熊吉を見上げる格好になる。背ばかり伸びて肉づきが追いついていない熊吉の、困惑顔はずいぶん遠い。

熊吉は昔から、お妙には弱いのだ。奉公先の俵屋を抜け出して彷徨《さまよ》っていた幼いときに、やはり彼女に拾われた。恩義があるのはもちろんのこと、淡い憧れを抱き続けている。

「なにさ。熊ちゃんの、熊ちゃんの――」

良人《おっと》ある身のお妙をいつまでも慕《した》っているなんて、格好悪い。なにか気の利いた言葉で罵ってやろうと思うのに、詰まってしまってなにも出ない。

「大でべそ！」

「なんじゃそりゃ。臍《へそ》なんか出てねぇよ」

どうしていつも、こうなるのだろう。なに一つ思うようにいかない。よかれと思ってやったことも、先ほどのような騒動を生んでしまう。

やっぱり私は、愚図でのろまで役立たずなんだ。

お槇の声が耳の中でこだまして、お花はぐっと唇を噛《か》んだ。

さわさわと、心地のよい風が吹く。鼻先に、甘く華やいだにおいがふわりと届いた。

その香りが、うつむきがちなお花の顔を上げさせる。

はじめ、お妙が近くにいるのかと思った。だがまだ神田川すら越えておらず、『ぜんや』のある花房町代地まではいま少し道のりがある。

それでもたしかに、お妙に似た香りがするのだ。お花はひくひくと鼻をうごめかす。

「おい、なんだよ」

急に落ち着きをなくしたお花に、熊吉が面食らっている。それには構わず、香りの出所を探ってみる。

「あっ」

小さく声を上げ、天秤棒《てんびんぼう》を担いだ植木屋に目を留めた。台輪《だいわ》（竹で吊るした荷台）には、売れ残りらしい鉢植えが一つ。近づいてみて、これだと頷く。

土焼きの小鉢に植えつけられた、菫《すみれ》の花だ。小さな紫の花弁が、控えめに開いている。

「いい香り」

「そうか？　全然分からねぇ」

熊吉もすんすんと鼻を鳴らす。どうやら他の人には分からないほど、香りも控えめらしい。

「いい趣《おもむき》だろう。ひと鉢三十文だ」

お花を客と見たか、植木屋が台輪を下ろす。

甘い物でも食べておいでと渡された小遣いが、二十五文。宝屋のおかみさんが団子をくれたお蔭でそのままそっくり残っているが、それでも足りない。

「おいおい、どう見ても売れ残りだろ。兄さんも、荷を軽くして帰りたいんじゃねぇの？」

熊吉が、植木屋相手に軽口を叩く。よくもまぁ、そんなにも舌が回るもの。お花の身の周りには、弁の立つ者が多いと感心する。

「しょうがねぇな。じゃあ、二十五文でどうだ」

それなら買える。お花は帯の間から、もらった銭を取り出した。

「本当に買うのかよ」

「まいどありー！」

お花は小さな鉢植えを、しっかりと両手で持つ。

「あの調子なら、二十文まで値切れたのによ」

再び歩きだすと、熊吉が不平を言いながらついてくる。

お花にはべつに、どうだっていい。銭が五文残っても、どうせ使い道が分からない。

それよりも、お妙の香りによく似た花を手に入れたかった。

「お妙さん、喜んでくれるかな」

「なに、お妙さんにあげるのか?」

「うん」と、深く頷いた。

お妙の部屋でも、店でもいい。この花を飾っておけば、お妙の香りも二人分だ。母と呼ぶには過ぎた人でも、香りを慕うくらいは許してほしい。

「ああ、本当だ。たしかに近くで嗅げば、いい香りだ」

熊吉が身を屈《かが》め、菫の花にうんと鼻先を近づけた。


昼餉の客がすっかりはけて、夕餉を求める客が訪れるまでのわずかな間。『ぜんや』には少しばかり気怠《けだる》いような、緩やかな時が流れている。

「お花ちゃん、お帰り。あら、熊ちゃんまで」

固く絞った布巾《ふきん》で床几を拭いていたお妙が、お花の帰宅に気づいて顔を上げた。小上がりで番茶を飲みながら煙管《きせる》を使うお勝もまた、「楽しかったかい」と笑いかけてくる。

「日本橋の魚河岸で見かけたから、連れ帰ってきたよ」

「ああ、宝屋のお梅ちゃんのところに行っていたのね」

熊吉に教えられ、お妙はすぐにお花の行き先に見当をつけた。そのくらい、お花の世界はまだまだ小さい。

「あの、これ」

はやる心に「ただいま」も言わず、お花は菫の小鉢を差し出した。

「えっ、なに」

「お小遣いで買ったの。飾って」

お妙は「まぁ」と目を丸くして、両手で鉢を受け取った。

「ありがとう、可愛いわね。でも、お花ちゃんの欲しいものを買えばよかったのよ」

口では礼を述べながら、お妙の眼差しはなぜか寂《さび》しげだ。

違う、こんな顔を見たかったんじゃない。喜ばせたかっただけなのに、お花はまたなにか間違えてしまったようだ。

「あのさ、お妙さん」

熊吉がお妙の袖《そで》を引き、なにごとかを耳打ちする。

嫌だ、やめて。そう思っても止められず、お花はお妙の眉が曇ってゆくのを眺めていた。


逃げよう。下駄を脱《ぬ》いで、小上がりに上がる。そのまま二階の内所に続く階段へ向かおうとして、お妙に呼び止められた。

「待って、お花ちゃん」

その声を振り払えるほど、お花は心臓が強くない。お妙は菫の鉢を小上がりに置き、前掛けを外している。

「ねえさん、しばらく出てきてもいい？」

「ああ、任せときな」

どうしたのかと聞きもせず、お勝は薄い胸を叩く。お妙に手招きをされて、お花はしかたなく下駄を履き直した。

「煮売屋さんに、謝りに行きましょう」

白魚《しらうお》のような手が差し出される。だがそれを、握り返すのに躊躇《ちゅうちょ》する。

「でも、あそこは本当に古い魚を――」

「あのね、お花ちゃん」

お妙のほうから間を詰めて、両腕を摑まれた。身を屈め、目の高さを合わせてくる。美しい瞳《ひとみ》に、小作りな自分の顔が映っている。

「あなたが言うからにはそうなんでしょうけど、べつに腐ったものを売りつけたわけじゃないわ。仕入れた魚が古いぶん、安く売っていたんでしょう。そのお蔭で、助かっている人たちもいるはずよ」

「あ――」

そうだった。魚が少しくらい古くても、お菜が安く買えたほうがありがたい。そんな人たちが大勢いることを、お花は知っているはずだった。

幼いころにあばら家で嗅いだ、鯵の焼けるにおいを思い出す。においが悪いとか小骨が多いとか、そんなものは少しも問題じゃない。餓えを満たすことのほうが、なにより大事だった。

あの煮売屋のお菜だって、喜んで買ってゆく人がいる。宝屋のおかみさんも、安いから買ったと言っていた。

お妙たちに引き取られ、食べるものの心配がなくなったとたんに、そんなことも忘れてしまうなんて。つくづく自分が、嫌になる。

「ね、ちゃんと謝れるわね？」

きまりが悪くて、頭がどんどん下がってゆく。お妙がさらに身を屈め、顔を覗き込んでくる。

お願いだから、嫌わないで。

込み上げてくる涙を堪《こら》え、お花はこくりと頷いた。

五

宵《よい》五つ半（午後九時）ごろ、客足が途切れたのを見て、お妙が表の立て看板を取り込んだ。

お勝が竈《かまど》の火の始末をし、お花は盥《たらい》に汚れた皿を重ね、裏店と共用の井戸に向かう。

なんとなく、足取りが重い。それどころか、頭まで重く感じられる。

お妙と共に謝りに行くと、煮売屋は存外あっさり許してくれた。お妙の美貌に呑まれたせいもあろうが、己の行《おこな》いを悔《く》いてもいたらしい。

「俺《おれ》も頭に血が上って、乱暴を働いちまって悪かったよ。怪我《けが》はねぇか？」

世の中にはお槇のように、理屈の通らぬ者もいる。だが煮売屋は、話せば分かる人だった。

「でもよ、お前さんがなんと言ったたって、俺は今まで通りの商売を続けるぞ。仕入れを変えたら、こんな安い値で売れねぇからな」

そもそもは、お花が悪いのだ。煮売屋はもとから、まっとうな商いをしている。お花が広めようとした噂《うわさ》は、ただの難癖《なんくせ》に違いない。

「本当に、ごめんなさい」

他に言うべき言葉もなく、深々と頭を下げた。

己の非を認め、謝ることは難しい。できるかぎり責められたくはないし、言い訳もしたくなる。

だけど、ちゃんと謝れてよかった。わだかまりは、小石のようになって胸に残る。

煮売屋の近所に住むお梅にまで、会いに行きづらくなるところだった。

「綺麗なおっ母さんを、あんまり困らせるんじゃねぇぞ」

煮売屋の目には、お妙とお花が母娘《おやこ》に見えたのだろうか。いや、お妙がはじめに「うちの子が、ご迷惑をかけてすみません」と言ったから、そう思ったのか。

だって、ちっとも似ていないもの。

お花はハァとため息を落とす。洗い物に使う水は、もう冷たくはない。桜はまだ咲かないが、春の夜は花々が力を蓄《たくわ》えている香りがする。甘さを秘めた、爽《さわ》やかなにおい。それなのに口の中には、蕗の薹を噛んだときのような苦みが広がっている。

菫の鉢植えも、あまり喜んでもらえなかった。お妙にはきっと、馬鹿な子と呆れられている。店に戻って、あらためて顔を合わせるのが怖かった。

だけど、どれだけのんびり皿洗いをしたって、洗うべきものは無尽蔵《むじんぞう》に湧いてはこない。綺麗になった皿を盥に入れて、お花は渋々と立ち上がる。

ぐずぐずしていたせいで、お勝はもう帰ったようだ。勝手口から中に入ると、お妙が一人で小上がりを掃《は》いていた。

しまった、二人きりはよけいに気まずい。只次郎は宵五つ（午後八時）ごろに帰ってきて、常連客と話しながら飯を食べていたが、店を閉める少し前に外へ出て行ってしまった。

なるべく目が合わないよう顔を伏せ、お花は盥を持ったまま調理場に入る。皿を拭き、種類や大きさごとに棚に重ねてゆく。

小上がりには背を向けているのに、お妙がこちらを見ているのが分かった。なんとなく、衿元がちりちりするのだ。振り返るのが怖い。それでも皿は、どんどん重ねられてゆく。

まだ心張り棒を支《か》っていない表の戸が開き、只次郎が帰ってきた。肩からほっと力が抜ける。なぜだか湿った土と、千切れた草のにおいがする。

「戻りましたよ」

「ありがとうございます。助かります」

肩越しにそっと、背後を窺う。壁に箒《ほうき》を立てかけて、お妙が土間に下りてきた。只次郎は、深さのある素焼きの鉢を手に持っている。河原で取ってきたのか、中には黒々とした土が詰められていた。

鉢が下に置かれると、着物の裾《すそ》を気にしながらお妙がその前にしゃがみ込む。なにをするのかと見ていたら、土の真ん中に右手を差し入れ、穴を掘りはじめるではないか。

「こんなものかしら」と呟くお妙に、只次郎が小さな鉢植えを差し出す。お花があげた、菫である。

お妙は鉢植えを受け取ると、菫の根元を手で押さえ、逆《さか》さまにひっくり返した。

「なにしてるの」

思わず見世棚越しに、声をかけてしまった。菫をどうするつもりなのかと、胸が騒ぐ。

「なにって、植え替えるのよ。菫は根が長く伸びるから、小さい鉢のままじゃ枯れてしまうの」

「そうなんだ――」

こんなにも、控えめで小さな花なのに。土の中に隠れて見えない根っこのことなど、考えてもみなかった。

「魚河岸からの帰りにもそう言って、この深鉢を買ったでしょう？」

ちっとも聞いていなかった。帰り道はお妙に合わす顔がなくて、ずっと下を向いていた。そういえば途中の店で買い物をしていたようだったが、顔を上げると泣いてしまいそうで、じっと堪えていた。

お妙は逆さまにした小鉢を揺すり、菫を土ごと取り出す。それを先ほど掘った穴に、すぽりと入れた。

あとは周りに土を被《かぶ》せ、埋めてゆく。菫の引っ越しは、いとも簡単に終わってしまった。

「こうしておけば、毎年花を咲かせてくれるわ。種が取れたら、どんどん蒔《ま》いて増やしていきましょう。この店が、菫だらけになるくらいに」

土の表面を手で均《なら》し、お妙は歌うように「ふふっ」と笑う。菫の香りと、お妙の香り。どちらもなんだか軽やかで、楽しげだ。

もしかして――。

「嬉しいの？」

尋ねると、お妙が満面の笑みをこちらに向けた。華やいだ香りがいっそう強くなる。

「あたりまえでしょう」

お妙の桜色の爪《つめ》の間に、黒い土が入り込んでいる。それを見て、お花は息を詰まらせた。

いけない、泣いたら変に思われる。

お花は洗い物で濡れた前掛けを、ぎゅっと握る。

「こっちにおいで」と、手招きされた。

うつむいたまま近づいてゆくと、お妙が懐から小さな紙袋を取り出した。指先の汚れを気にして手拭い越しに中のものをつまみ出し、お花の口に放り込む。

「ささやかだけど、菫のお礼に」

飴だ。優しい甘さと共に、お妙の移り香がふわりと口の中に広がった。

「可愛いね。お花ちゃんみたいな花だ」

「ええ、本当に」

自分がそんな、可憐《かれん》な花と似ているはずがない。

それでも只次郎とお妙がそう言ってくれるなら、根っこの深い強い花に、少しでも近づけるような気がした。

酒の薬

一

「嫌だねぇ。なんだってこんな間違いが起こるんだか。気をつけてもらわなくっちゃ困るよ！」

男のわりに甲走《かんばし》った声が、間口三間《さんげん》（約五・五メートル）の店の中に響き渡る。他の客がなにごとかと首を伸ばして見守る中、熊吉《くまきち》は大きな背中を丸めて詫《わ》びた。

「すみません、すべてこちらの不手際《ふてぎわ》で」

「いやいや、不手際どころじゃないよ。お前さん、うちの売りがなにか知らないわけじゃなかろう？」

店主の着物からは、まるで焚《た》き染《し》めたかのように生薬《きぐすり》のにおいが漂っている。むしろ店全体が、古い紙にも似たそのにおいに包まれていた。

「へい、啓脾《けいひ》湯《とう》です」

「だろう。それに牽牛子《けんごし》は使うかい？」

「いいえ、使いません」

「だよなぁ。俺ぁ危うく、腹を下す薬を作っちまうところだった！」

小男ゆえ店の上り口に立ち、一段低い土間に立つ熊吉をねちねちと責め上げてくる。落ち度はこちらにあるのだから、なにも言い返すことはできない。「申し訳ございません」の一点張りだ。

この薬屋では、啓脾湯を主に扱っている。胃腸の働きをよくし、下痢《げり》を抑える薬である。先日それに使われる山査子《さんざし》を届けたはずが、包みを開けてみたら牽牛子だったと苦情が入った。取るものも取り敢《あ》えず駆けつけてみたら、たしかに中身が違っている。

牽牛子は秘結の薬、つまり糞詰《ふんづ》まりに効く生薬だ。

「薬研《やげん》に入れる段になってアッと気づいたが、うっかり入れちまってたらどうする気だ！」

気づかぬはずはない。牽牛子は朝顔の種、山査子は樹木の実を乾かしたものだ。たとえ中身を間違えていても、包みを開ければ一目瞭然《いちもくりようぜん》である。

「まことに申し訳のないことで。こちらにご注文の山査子と、先日頂戴《ちようだい》したお代をお持ちいたしました。どうか、これでお収めくださいｉ」

「まさか包みを開けちまった牽牛子は、返せとは言わないだろうね」

「へぇへぇ、もちろんでございます」

「ならいいけどさ！」

山査子の包みと銭をひったくるようにして、店主は「ハン」と鼻を鳴らした。

他に客のいる店先でこれだけ派手《はで》に騒ぎ立てるのは、相手の急所をついて少しでも利を得ようという下心ゆえ。悪評を広めぬためにも、こちらは下手《したて》に出るほかない。

「お前さんは手代《てだい》になって間もないんだろうが、しっかりしねぇと天下の俵屋《たわらや》の名が泣くぜ！」

店の名を出すんじゃねぇよ。

貼《は》りつけた薄笑いの下で、こめかみがぴくりと震える。熊吉が着ているのは俵屋のお仕着せだから見る人が見ればすぐに分かるのだが、それでも店の名が汚されるのは我慢《がまん》ならない。

「へぇ、すべては中身をしっかりとたしかめなかったアッシが悪いんで」

深々と頭を下げ、一瞬でも怒りがにじんでしまった顔を隠す。店ではなく、己の落ち度であると主張してから、熊吉はしゃっきりと身を伸ばして立った。

身丈《みたけ》があるため客の前では、なるべく膝《ひざ》を曲げている。肩も心持ち内側に入れ、凄《すご》みが出ないようにしているのだが。

「うっ！」

段差があるにもかかわらず、まっすぐに立った熊吉は店主より目の位置が高かった。小男の引け目ゆえか、とたんにさっきまでの威勢が引っ込む。

客の目があるのは、店主も同じ。臆《おく》したと思われては決まりが悪い。

「今日はこのくらいにしといてやらぁ！」

という苦し紛《まぎ》れの捨て台詞《ぜりふ》に、今度はにやにや笑いを隠すため、熊吉は深く腰を折った。

ふぅ、やれやれ。

と、息をつく。腰に軽い強張《こわば》りを感じ、さすりながら歩みを進める。

このまんまだとオイラ、腰痛持ちになっちまうかも。

道行く多くの人々よりも、熊吉はたいてい頭ひとつ分くらいは背が高い。力もあって、物を運ぶときには重宝だ。その代わり腰を低くするには、人より余分に身を折らねばならない。

商家の手代など、腰の低さが身上《しんじょう》である。なかなかに、骨が折れる。

今年は、桜なんか見る暇もなく終わっちまったな。

武家屋敷の塀からこぼれおちた桜の枝が、鼻先で揺れている。まだ産毛《うぶげ》も初々《ういうい》しい、新緑が目に優しい。日々の雑事に追われるうちに、いつの間にやら三月になっていた。

年が明けてすぐ、熊吉は俵屋の手代に昇進した。亡き父が番頭だった縁で奉公に上がり、早や八年。覚えることの多い薬種問屋では十年に満たぬ出世は稀《まれ》で、それを思えば出世頭と言えるだろう。

手代になれば、給金が出る。その代わり、任される仕事が増える。得意先回りもそのうちの一つである。

薬種問屋の得意先といえば、薬屋か医者。大名や大身《たいしん》旗本が家伝の薬を作っている例もあるが、そちらはまだ熊吉には任されない。それでも慣れぬ仕事は疲れることが多い。特に各薬屋が目玉とする薬の名は、すべて頭に叩《たた》き込んでおかねばならなかった。

啓脾湯が売りの三橋屋《みはしや》は、亭主が癇性《かんしよう》でケチ。しかも肝《きも》っ玉が小せぇ。さらに頭の中の帳面に、見て感じたことを書き込んでゆく。相手の出方さえ摑《つか》めていれば、次はもっと、うまくやれる。

「熊吉さん、お帰りなさい」

本石町《ほんごくちよう》の店に帰りつくと、壁際にずらりと並ぶ薬簞笥《くすりだんす》にはたきをかけていた小僧が、手を止めて出迎えてくれた。その声を聞き、同じく小僧の長吉《ちょうきち》が駆け寄ってくる。

「すまねぇ、熊吉さん。アタシが至らないばっかりに」

俵屋ではお仕着せの格子縞《こうしじま》の濃さで、年季や地位が分かるようになっている。長吉の縞ははたきを持っていた小僧よりも濃く、熊吉よりわずかに薄い。

去年までは、同じ色のお仕着せを着ていたのだが。そのせいで、濃くなった縞を手放しには喜べない。

「よしなよ、熊吉さんなんて。それに、長吉ばかりが悪いんじゃねぇよ」

「とんでもない。薬袋の中身を間違えて渡したのは、アタシです」

「その中身をたしかめずに持ってったのは、オイラだよ」

庇《かば》えば庇うほど、長吉は恐縮してゆく。よそよそしい態度に、空腹にも似た虚《むな》しさが湧《わ》き上がってくる。

知ってる。これは、寂《さび》しいというんだ。

長吉とは、歳《とし》が同じ。奉公に上がった時期もだいたい同じだ。子供同士、すぐに仲良くなった。入ったばかりの小僧を手籠《てご》めにして喜んでいた不届き者の手代から逃れ、あてどなく彷徨《さまよ》っていたときも、長吉の身だけが気がかりだった。

たまたま居酒屋を営《いとな》むお妙《たえ》に拾われ、俵屋に戻ってくると、長吉は「よかった」と泣きながら縋《すが》りついてきた。その涙につられて熊吉もおいおいと声を放って泣き、互いの無事を抱き合って喜んだものだった。

仕事では助け合い、その合間に生薬の名と効能を言い合って勉強し、寒い夜には身を寄せて寝たりもした。それなのに年が明けると共に、身分に差ができてしまった。

出世に早い遅いがあるのは世の常だ。そんな例は、熊吉も長吉もたんと見てきた。出世の早さを驕《おご》って大きなしくじりを犯し、店を去って行った者も、遅咲きながらこつこつと努《つと》めて番頭に上った者もいる。だから、早ければいいというものではないことも知っている。

それでもやはり、気まずさはある。長吉から目上の扱いを受けるたび、もう二度と子犬のようにじゃれ合っていたあのころには戻れないのかと、ほろ苦さが胸をよぎる。

「熊吉さんはよせ」と何度言っても、長吉は「そんなわけには」と首を振った。

生真面目《きまじめ》なのが、こいつのいいところなんだけどな。

「ま、気にすんな」と、平手で背中を叩いてやる。瘦《や》せっぽちの長吉が、勢いに負けて「わわっ」とよろけた。

「ああ、熊吉。帰ったのか」

店の間と中の間の境となる暖簾《のれん》をくぐり、青梅《おうめ》縞に黒羽織姿の男が顔を出す。細《ほそ》面《おもて》の、穏やかな風貌《ふうぼう》である。

　立ったままだった熊吉はその場で膝に手をつき、頭を下げた。

「へい、若旦那様《わかだんな》。このたびは私めのしくじりで、とんだご迷惑を」

「いいえ、悪いのは私で」と、長吉も負けじと腰を折る。

「大事にならなかったんだ。お互いに悪いと思っているなら、それでいい。次からは気をつけるように」

「へい！」

　図《はか》らずも、熊吉と長吉の声が揃《そろ》った。若旦那がくすりと頬《ほお》を弛《ゆる》める。優しくて、日向水《ひなたみず》のようだと囁《ささや》かれているお人だ。決していい意味ばかりではない。大店《おおだな》を取りまとめるには、威厳に欠《か》けるという含みもある。

　だが熊吉は、この若旦那が好きだ。千住《せんじゅ》の薬種問屋へ奉公に出ていたのを、四年前に呼び戻された。十三の歳から、実に二十年も実家を留守《るす》にしていたのだ。それなのに戻った翌日には、下男下女に至るまで、奉公人の名をすべて覚えていた。

　飯が旨《うま》ければ台所にまで行って礼を言い、嬉《うれ》しいことがあれば「お前のおかげだ」と相手を労《ねぎら》う。この人柄は、侮《あなど》っていいものではないと思う。

「それから熊吉は、奥へ。旦那様が待っているよ」

「かしこまりました」

若旦那に恭《うやうや》しく一礼し、熊吉は履物《はきもの》を脱《ぬ》ぐ。店の間を横切る際に、年嵩《としかさ》の手代がにやにやと目配せをするのが分かった。その中心には、手代頭の留吉《とめきち》がいる。

また、くだらねぇ噂《うわさ》をしてやがんな。

気づかぬふりで、通り抜ける。かつての右腕の忘れ形見ということで、熊吉は旦那様から特別に目をかけられていた。奉公人のくせによその店へ奉公に遣《や》られていたこともあり、またその仕事が楽だったものだから、あいつばかりずるいと僻《ひが》む者も多かった。

体が大きくなってからは陰で小突き回されることもなくなり、同じことがないよう目を光らせているため、歳下の小僧たちからは慕《した》われるようになった。だが年輩の手代のうち数人からは、今も陰口を叩かれている。

どうせまた、オイラが旦那様の情夫《イロ》だとでも言ってんだろ。

まったくもって、くだらない。つまり熊吉の異例の出世も、実力ではなく体を使ったせいだと言いたいのだ。旦那様がお内儀に先立たれても後添いを迎えず、浮いた噂もないものだから、よけいに怪しいというわけだ。

根も葉もないことを囁かれたって、べつに痛かぁないんだけどさ。

旦那様の耳に入ったら、奴《やつ》らはどうするつもりなのだろう。

べつにどうなったって、自業自得ってやつか。

仏心は無用と頭を切り替えて、熊吉は奥へと続く暖簾を払った。

二

俵屋の造りは表から入って店の間、中の間、奥の間と続き、渡り廊下《ろうか》と台所を挟んで家の者が住まう母屋《おもや》となる。

若旦那が呼び戻されてからは旦那様が店の間に顔を出すことは稀《まれ》で、たいていは奥の間で書きものなどして過ごしていた。その襖《ふすま》の前に膝をつけば、中から聞こえるのは涼やかな声。

「ホー、ホケキョ！」と、鶯《うぐいす》のヒビキである。

年が明け、すでに八つ。そろそろ寿命かと案じる熊吉をよそに、今年もよく鳴いている。

「失礼します」と声をかけ、返事を待って襖を開けた。

熊吉の登場に旦那様ともう一人、いまひとつ貫禄《かんろく》のつかぬ青年が顔を上げる。さっきまで、ヒビキの籠桶《こおけ》を覗《のぞ》き込んでいたようである。

なんだ、兄ちゃんが来てたのか。

と思ったが、旦那様の手前声には出さない。一方の青年は、顔いっぱいに笑みを広げた。

「やあ、熊吉。お前、また大きくなったんじゃないか。六尺（約百八十センチ）はあるだろう」

「そんなにねぇ——ないですよ」

いつもの調子で答えかけ、口調を改める。今は一応、俵屋の客人である。

「でもまだ伸びてるんだろう？」

「ええまぁ、多少は」

「ああもう、小熊《こぐま》とは呼べないなぁ」

顔を合わせるたび、同じようなことを言う。だが熊吉だって、人のことは言えない。

この男の町人姿にはいまだに慣れず、会うたびぎょっとしてしまうのだから。

町人髷《まげ》を結《ゆ》った只次郎《ただじろう》は紺《こん》無地の小袖《こそで》を着流しにして、腰には脇差《わきざし》すら帯《お》びていない。その姿を見て、ああそうか、武士はやめたんだっけと思い直す。なんとも型破りな男である。

今日は鶯指南か、商《あきな》い指南か。それとも四方山《よもやま》話をしに来ただけか。話を遮《さえぎ》って申し訳ないが、只次郎に構う前に、やっておくべきことがある。

熊吉は襖を閉めると居住まいを正し、旦那様に向かって手をついた。

「ただ今帰りました」

「うん、それでどうなった？」

若旦那の穏やかな風貌は、父親譲《ゆず》り。旦那様は微笑《ほほえ》みさえ浮かべ、尋《たず》ね返す。

「先日のお代は返し、山査子と牽牛子は差し上げました」

「そう。まぁ、そんなところだろう」

「本当に、申し訳もなく」

「構わないよ。慣れぬことに、しくじりはつきものだ。だからお前にはまだ、小店しか任せていないだろう」

鬢《びん》の毛に白いものが増えて、旦那様の風貌はますます優しげなものになった。だが油断をしていると、こんなふうにひやりとすることを言う。つまり三橋屋ごときは歯《し》牙《が》にもかけていないから、若い手代の練習にはちょうどよいというわけだ。

「ただ、二度三度と同じしくじりをされては困りますけどね」

「はい、肝に銘じます」

日向水の若旦那に足りないのは、この毒気だ。どれだけ人がよさそうに見えても、芯《しん》のところでは怖いお人だと、匂《にお》わせるような心根の底のほうの昏《くら》さ。熊吉は常々、この旦那様だけは怒らすまいと心掛けている。

それなのにあいつらは、よくやるぜ。

と、頭に浮かんだのは先ほどの手代たちの顔だ。あんな噂を流しておいて、恐ろしくはないのだろうか。それとも、旦那様の毒気にすら気づかぬほどのぼんくらなのか。

おそらくは、後者なのだろう。

「三橋屋さんですか。あそこは、店主がちょっとねぇ」

熊吉のけじめが終わったのを見て取って、只次郎がのんびりと頰を搔《か》く。それを受けて、旦那様が「おや」と眉《まゆ》を持ち上げた。

「つき合いがおありですか」

「いえ、つき合いってほどじゃ。以前商い指南の噂を聞きつけて、うちに来たことがあったんですよ」

「ほう、それで?」

「金がかかると伝えたら、『馬鹿にしてやがる!』と言い捨てて帰って行きました」

「あはははは!」

旦那様の笑い声は、呆《あき》れるほど朗《ほが》らかだ。こういった愚《おろ》か者の話が、実は大好物なのだ。それを知っているから只次郎も、三橋屋の話を持ち出したわけである。

相手の懐《ふところ》にするりと入り、しかも気を逸《そ》らさせぬ男だ。只次郎が『春告堂《しゅんこくどう》』を開いたばかりのころ、勉強しておいでとその手伝いに送り出された。商い指南のあれこれを、間近に見てこいというわけだ。

共に仕事をしてみて分かった。商いに欠くべからざるは、頭の巡りの速さでも、立て板に水のごとき弁舌でもなく、人たらしの才であると。

ただ膝をつき合わせて話を聞いてもらうだけでも、胸のつかえが取れる気がする。ゆえに只次郎の客は、一度のみならず二度三度と依頼をしてくる。武士をやめてからも文人大名で知られる増山河内守《ましやまかわちのかみ》様と鶯仲間としてのつき合いが続いているようだし、その交友範囲は途方もない。

それでついに、お妙さんまでたらし込んじまってさ。

淡い初恋の残滓《ざんし》がちくりと胸を刺す。もっと早くに生まれていれば、こんな世知《せち》がましい男にお妙を渡さなかったものを。周りの大人たちは、いったいなにをしていたのか。

「熊吉、聞いているのかい」

ふいに洩《も》らしたため息を、旦那様に見咎《みとが》められた。熊吉はしゃっきりと姿勢を正す。

「はい、もちろんです」

嘘《うそ》だ。物思いの最中にあって、ろくすっぽ話を聞いていなかった。もし不都合があるのなら、ここにいる只次郎に後から聞いてみればよかろう。

「そう、ならよかった。じゃあ只次郎さんにつき添って、行って来てくださいね」

「えっ？」

どこに？という疑問が喉元《のどもと》にまでせり上がる。熊吉はそれを、ごくりと音を立てて飲み下した。


「まったく、聞いておきなさいよ」

町人らしい軽快な足取りで日本橋《にほんばし》の人混みを抜けながら、只次郎が文句を言う。少しも人にぶつからないのは、体の軸がぶれないからだ。毎朝の鍛練《たんれん》は、今も続けているらしい。

熊吉は、ちぇっと小さく舌を打つ。出会ったころは頼りない若者だったのに、いつの間にやら自分で道を切り開き、望む姿でここにいる。ほんの少しだけ、格好いいと思ってしまうのが悔しい。本当に、ほんの少しだけ。粟粒《あわつぶ》よりも小さいくらいだけれど。

「それにしても、なんでオイラが案内しなきゃいけねぇんだよ」

体が大きいため腹立ちまぎれに歩を進めると、向かってくる人は皆あちらから避《よ》けてくれる。その様子を見て只次郎が、「おっ」と目を輝かせた。

「こりゃあ便利だ。熊吉、ちょいと私の前を歩いておくれよ」

「やなこった」

以前から、只次郎が俵屋の商い指南に入っているのは知っていた。そして俵屋印の、新しい売り薬を作ってはどうかという相談をしていることも。

俵屋では薬の材料となる生薬の卸《おろ》しの他に、いくつかの売り薬も扱っている。だがそれも、葛根湯《かっこんとう》や安中散《あんちゅうさん》といった、古くから馴染《なじ》みのあるものばかり。そこで、新しい薬を売り出そうというわけだ。

とはいえ世には様々な薬が出回っており、今どきは売りかたも売り文句も工夫《くふう》されている。たとえば通りの向こうからやって来る挟箱《はさみばこ》を担《かつ》いだ奴姿《やっこすがた》の行商は、与勘平膏《よかんべいこう》薬《やく》売りだ。嗄《しゃが》れた声で「泉州信田郡《せんしゅうしのだぐん》いなりの御夢想《ごむそう》よかん平《べい》が膏薬は……」と、売り文句を唱《とな》えながら町中を練り歩く。

俵屋がまったく新しい薬を作ったとしても、よほどの工夫がなければ埋もれてしまう。ならば他の薬屋の、商いの様子を見てみようということになった。熊吉は、まんまとその案内に駆《か》り出されたというわけである。

それにしても兄ちゃんには、べつに変わったところはねぇな。

熊吉を人よけにしようとする只次郎をちらりと見て、懐《ふところ》を撫《な》でる。「用事が終わったら、最後にこれをお妙さんに渡しておくれ。今日はそれで仕舞いにしていいよ」と、出がけに旦那様から託《たく》された薬袋が入っている。

この薬が入り用ということは、もしやお妙さんは――。

と勘繰《かんぐ》る目を向けても、只次郎はけろりとしていた。

「さて、まずはどの店に連れてってくれるんだい？」

どうやら頭の中は、商いのことでいっぱいらしい。

まぁいい。後で、当の本人に聞いてみよう。

熊吉は懐から離した手で、「そうだな」と顎先《あごさき》を撫《な》でる。売りかたが面白い薬屋といえば、真っ先に浮かぶのはあの店だ。

「なら、池之端《いけのはた》だな」

あれを見たら、只次郎はどういう顔をするだろう。こりゃあ楽しみだと、熊吉は俄《が》然《ぜん》やる気を取り戻した。

三

ここは吉原《よしわら》の総籬《そうまがき》か。と思わせる格子の向こうで、輝かんばかりの美童が手作業をしている。

揃いの衣装に、揃いの髪型。二人ひと組になり、品物を袋に詰めている。くすくすと、笑み交《か》わす様《さま》は寺のお稚児《ちご》のようにも見える。

しかし売っているのは、あくまで薬。美童は店の小僧たちだ。

間口七間（約一二・七メートル）、表との境に格子戸を立て切って、客は店の中に入れない。品物と金は、格子越しにやり取りをするのである。小僧から手渡される薬袋には、『錦袋圓《きんたいえん》』の文字が躍《おど》る。

店の名前は『勧学屋《かんがくや》』。百年以上も前に禅宗の僧が開いたというから、あの格子は妓楼《ぎろう》ではなく、禅寺を模《も》したものかもしれない。しかし売り子に美童ばかりが集められているのは、偶然ではないはずだ。

その光景を遠目に窺《うかが》い、只次郎がはしゃいだ声を出す。

「うわぁ、噂には聞いていたけれど、実際目にするのははじめてだよ」

さもありなん。出合茶屋や怪しげな料理屋が建ち並ぶこの界隈《かいわい》に、元旗本の次男坊が寄りつくはずもない。武士というのはとにかく、体裁《ていさい》を気にするものだ。

と思う端から、まだ歳若い二本差しが、熊吉たちを追い越して格子に取りついた。贔屓《ひいき》がいるのか小僧の名を呼び、ふた言み言交わしてから薬を受け取る。格子に阻《はば》まれたやり取りにかえって劣情《れつじょう》をくすぐられるのか、若侍は鼻の下を伸ばして未練がましく去って行った。

そしてまた一人、二人と光に群がる蛾《が》のごとく、客が格子に吸い寄せられる。見事に男ばかりなのが、下心丸出しで目も当てられない。

嫌な商いだなぁと、今さらながらに近づくのを躊躇《ちゅうちょ》する。只次郎に袖を引かれ、しかたなく並んで格子の前に立った。

「すみません。錦袋圓を、一つください」

只次郎が声をかけると、すぐ傍《そば》で作業をしていた小僧が「はい」と立ち上がる。肌が白く目元は涼《すず》しげで、紅を塗っているわけでもないのに唇が赤く色づいている。頬も恥じらうように染まっており、つい見惚《みと》れてしまうほどだ。

これが女子《おなご》なら、どれほどよいか。

と思っちまうあたり、オイラにそっちの嗜《たしな》みはないんだろうなぁ。

熊吉を目の敵《かたき》にする手代たちにも、そう教えてやりたいところだ。

「いかほどで？」

「百文です」

只次郎が財布を取り出し、銭を数えながら尋《たず》ねる。

「ここはもう長いの？」

「いいえ、一年目です」

「仕事は、楽しいかい？」

「はい、皆さんよくしてくださいます」

なんともあたり障《さわ》りのない答えが、とろけるような笑顔つきで返ってきた。声変わりがまだのところを見ると、十二、三歳といったところだ。

銭を受け取る手は、雑用などさせていないかのように滑《なめ》らかである。代わりに薬袋が、格子の外に差し出された。

財布を仕舞っている只次郎の代わりに、熊吉が手を伸ばす。受け渡しの際に、そっと指を撫でられた。

「また、お越しくださいね」

いったい誰《だれ》に仕込まれたのか、小僧の眼差《まなざ》しにはねっとりとした媚《こび》が滲《にじ》んでいた。

「ああ。嫌んなるなぁ、もう」

小僧に触れられた指をなんとなく眺めながら、腹の底から息をつく。自分で案内しておきながら、行かなきゃよかったと後悔《こうかい》している。

只次郎はといえば、むしろ機嫌《きげん》がいい。変わった商いの例に触れて、喜んでいるらしい。「いやぁ、本当に美童ばかりだったね」と、呑気《のんき》なことを言っている。

「どうだい熊吉も、売り子をやってみちゃぁ」なんて冗談《じょうだん》まで飛び出すものだから、つい声を荒らげてしまった。

「兄ちゃんは、なんとも思わねぇのかよ。年端《としは》もいかねぇガキどもが集められて、あんなことさせられてんだぞ」

おそらくは店の大人が、客への媚の売りかたを教えている。今日は指を撫でられただけだが、常連になると手をきゅっと握ってくれるのかもしれない。お前らは薬を売ってるんじゃねぇのかよと、怒鳴《どな》り込みたくなってしまう。

「でも、商いとしては成功しているだろう」

「そうだけどさ」

金が稼《かせ》げれば、それでいいのか。勧学屋を開いた禅僧は薬屋が繁盛《はんじょう》したことで、不忍池《しのばずのいけ》の小島に経堂を建立《こんりゅう》したという。高尚《こうしょう》なのか、生臭いのかよく分からない話である。

「儲《もう》けているぶん、他よりも待遇がいいんだろう。だからあれだけの美童を集められるんだし、あの格子は不埒者《ふらちもの》から子供たちを守ることにも役立っている。そこまで責められなきゃいけない商いじゃないと思うよ」

熊吉はうっと声を詰まらせる。たしかに世の中を見渡せば、媚を売らされている売り子の娘ならいくらでもいる。しかも彼女たちには、身を守る格子もない。女に客を取らせる店でなくとも、体を触られるなど日常のことであろう。

「そうかもしれないけどさぁ」

どうも納得できないのは、自分が商家の、しかも薬種問屋の奉公人だからだろうか。あんなふうに、客寄せに使われるのは屈辱《くつじょく》だと感じてしまう。

「べつに、無理に納得しなくていい。人それぞれ、許せることは違うんだから」

只次郎が癪《しゃく》に障るのは、こういうところだ。熊吉の目には映っていなかったところを指摘しておきながら、分からなくてもいいと突き放す。まだまだ子供だと、侮られている気分になる。

「だったらオイラは、兄ちゃんを一生許さねぇ。お妙さんと、夫婦《めおと》になんぞなりやがって」

だからまるで子供のように、唇《くちびる》を尖《とが》らせて拗《す》ねてやった。

「おいおい、どうしてそんな話になるんだよ」

「知るもんか。ほら、行くよ。まだ他の店も回るんだろ」

長い脚を活《い》かし、熊吉はすたすたと歩きだす。

「待っておくれよ」と、只次郎が小走りに追ってきた。

身丈だけなら、とうに兄ちゃんを超えたのに。

悔し紛れに、次はどの店に行ってやろうかと頭を巡らせる。

そうだ、馬喰町《ばくろちょう》に毛生え薬を売りにしている店があったっけ。

只次郎は熊吉より、十一も年嵩《としかさ》だ。近々入り用になろうから、そこに連れて行ってやるとしよう。

四

足の裏が痛くなるまで只次郎を連れ回し、気づけば日暮れ時になっていた。

いつの間にか道行く人も、家路を急ぐ足取りである。さすがに疲れたのか只次郎も

「今日はこのくらいにしておこう」と言うので、切り上げることにした。

炊煙《すいえん》の漂う町並みを、外神田《そとかんだ》を目指して歩く。鼻先に味噌汁《みそしる》のにおいを感じ、堪《たま》りかねた腹がぐうと鳴った。

「お帰りなさいませ。あら、熊ちゃんまで」

神田花房町《はなぶさちょう》代地、居酒屋『ぜんや』の引き戸を開くと、生き菩薩《ぼさつ》の笑顔が出迎える。ああやっぱりこれだよと、心の底から癒《いや》されてゆくのを感じる。

三十も半《なか》ばとはいえ、お妙のたおやかな美しさは衰《おとろ》えをしらない。それどころかますます磨きがかかっている。以前は動作の端々に表れていた頑《かたく》なさが、溶けて消えたようである。

きっと、幸せなんだろうな。

悔しいが、認めざるを得ない。お妙が手を上げて、うんと伸びをする。

「また大きくなったんじゃない？　六尺はあるでしょう」

夫婦は似てくるというが、こんなところまで似なくても。熊吉は「ねぇよ」と苦笑した。

夕餉《ゆうげ》どきとて、客の入りは八分ほど。小上がりに菱屋《ひしや》のご隠居《いんきょ》の顔を見つけ、只次郎が「ああ、こんばんは」と草履《ぞうり》を脱《ぬ》ぐ。名目上は菱屋の養子ということになっているから、あの二人は今や親子だ。おかしな間柄《あいだがら》になったものである。

「ちょいと、でかい図体で突っ立ってんじゃないよ」

「うわっ！」

尻《しり》に鋭い痛みを感じ、飛び上がる。給仕のお勝《かつ》が通り過ぎざまに抓《つね》ったのだ。「爪《つめ》まで立てやがって」と零《こぼ》す熊吉を、にやりと振り返る。

「それとも給仕を手伝ってくれるのかい？」

「しねぇよ。今日は客だ」

「おや、偉くなったもんだ」

旦那様からは、届け物を終えたら仕事を仕舞いにしていいと言われている。つまりは『ぜんや』で、飯でも食べてこいということだ。手代になってからこっち、早く仕事に慣れねばと、気を張り詰めていたのが伝わっていたのだろう。

疲れを残さぬよう息を抜くのも、また仕事のうち。さり気ない気遣いに、そう諭《さと》された心地がする。

お妙の飯を食べるのは、一月の藪入《やぶい》りにここで昇進祝いをしてもらって以来である。早くも口の中に、じわりと唾《つば》が湧いてくる。

と、その前に。

小上がりを横目に見て、只次郎がご隠居と話し込んでいるのをたしかめてから、熊吉は見世棚《みせだな》の料理を取り分けているお妙の隣にすっと並ぶ。己の体で隠しながら、懐の薬袋を取り出した。

「これ、旦那様から」

「ああ、ありがとう」

お妙はいったん菜箸《さいばし》を置き、熊吉の温《ぬく》もりが移った袋を受け取る。その耳元に口を寄せ、囁きかけた。

「あのさお妙さん、もしかして――」

薬袋の中身は、当帰芍薬散《とうきしやくやくさん》。女性の血の道に効く薬だが、今までにお妙が飲んでいるのを見たことがない。急に入り用になったとすれば――。

これは、妊娠《にんしん》中の不調に用いられる薬でもある。

「ああ、違うのよ」

熊吉の言わんとするところを悟《さと》ったのだろう。みなまで言わずとも、お妙は首を横に振った。

「お銀《ぎん》さんに、渡そうと思って」

お銀といえば、この裏店《うらだな》に住む怪しげな人相見《にんそうみ》だ。

「えっ、あの婆《ばあ》さんまだ生きてたの？」

驚きのあまり、声が翻《ひるがえ》る。なにせ、猿《ましら》の子供が死んで干《ひ》からびたような容貌《ようぼう》の婆さんだ。もうとっくに、お迎えが来ていると思っていた。

「ええ、お元気なんだけど、もう春なのに足腰が冷えて辛《つら》いみたいで」

ならば血を補《おぎな》い、巡りをよくする当帰芍薬散が求められたのも頷《うなず》ける。

そうか、お妙さんに子ができたわけじゃなかったのか。

ほっとしたような、少し残念なような。相手が只次郎というのは業腹《ごうはら》だけど、お妙の子ならあやしてみたかった。

「あ、お花《はな》ちゃん」

作りつけの棚に置き徳利《どっくり》を戻していたお花を、お妙が手招いて呼び寄せる。

「これを、お銀さんに届けてあげて」

表情も変えずにこくりと頷き、お花は薬袋を受け取った。

相変わらず、言葉数の少ない娘だ。いつもぼんやりとして、なにを考えているのか分からない。子供のころはもうちょっと扱いやすかった気がするのだが、近ごろはなにかにつけ機嫌が悪い。それも、熊吉が相手のときだけらしい。

オイラ、なにか嫌われるようなことしたっけなぁ。と、首を傾《かし》げてしまう。

こいつも、にっこり笑えば可愛《かわい》いだろうにさ。

それどころか目が合うと、きりりと睨《にら》みつけてくる。会うのは先月の初午《はつうま》以来。熊吉がお妙にした告《つ》げ口を、まだ根に持っているようだ。

だってありゃあ、しょうがねぇだろうが。

だいたい悪いのはお前じゃねぇかと、睨み返す。

お花はふいとそっぽを向いて、勝手口から出て行った。


さてこれで、頼まれていた仕事は終わった。お妙にも「今日のオイラは客だから」と断って、小上がりの前に履物《はきもの》を揃える。

さんざんただ飯を食わしてもらってきたが、今は多少なりとも金がある。やっと大人の仲間入りができたようで、我知らず小鼻が膨《ふく》らむ。

「まぁ、立派になって」と、お妙がそっと目頭を押さえた。

小上がりでは只次郎がご隠居相手に、買ってきたばかりの薬を披露《ひろう》している。俵屋の奉公人風情《ふぜい》が、同席していいお人じゃない。少し離れたところに座ろうとすると、気づいたご隠居に呼び止められた。

「熊吉、お前も食べるならこっちへ来なさい」

呼ばれたら行かぬわけにはいかない。熊吉は「へぇ」と背中を丸め、他の客の間をすり抜けてゆく。

「よくもこんなに、怪しげな薬を買わせてくれたもんだね」

「いえすべて、只次郎さんが進んで買ったものでして」

ご隠居の膝先には、様々な店の薬袋が並んでいる。左から、毛生え薬、一生歯の抜けざる薬、錦袋圓、酒禁丸《しゅきんがん》。只次郎が嬉しげに、左端の袋を手に取った。

「お父《とっ》つぁんには、この毛生え薬をあげますよ。けしからんほど毛が生えるという売り文句でね、『け』を掛けてるんですね」

「いりませんよ、そんなもの」

「まぁまぁ、続きを聞いてください。そこの薬屋の亭主がね、なんと禿《は》げてるんですよ。これぞけしからんでしょう」

「それはそれは。もう商売替えをしたほうがいい」

ずいぶん楽しそうである。ご隠居も只次郎から「お父つぁん」と呼ばれるのが、まんざらでもないようだ。「ならば」と、一生歯の抜けざる薬を指差した。

「読めましたよ。ここの亭主は、歯抜けだったんでしょう」

「いや惜しい。歯抜けだったのは嬶《かかあ》のほうで」

「なんと詰めの甘いこと！」

二人で腹を抱え、笑い転げる。実の親子よりも仲がいい。元々馬が合う者同士、結構な縁組だったのである。

「そして勧学屋の錦袋圓。熊吉、これってなんの薬だい」

只次郎の問いに、知らずに買ったのかよと呆《あき》れた。お妙が「お待たせしました」と、つき出しの小鉢を運んでくる。叩いた長芋《ながいも》入りの、もずく酢である。

「万病の薬でしょう」

只次郎の手元を覗き込み、熊吉の代わりにそう答えた。

その先を、ご隠居が引き受ける。

「ええ、なんでも荒行《あらぎょう》で指を焼いた禅僧が痛みに耐えかねて気を失いかけていると、夢うつつに如定《にょじょう》禅師が現れてこの薬を授《さず》けられたとか。その僧が後に、勧学屋を開くことになるわけです」

夢のお告げだのなんだのは、薬の売り文句の定石だ。霊験《れいげん》あらたかであると主張したいのだろうが、あまりにも巷《ちまた》に溢《あふ》れている。

「じゃあ元は、火傷《やけど》の薬じゃないですか。万病に効《き》くとは謳《うた》いすぎでしょう」

そんなふうに、只次郎が疑うのも無理はない。熊吉はその手から、錦袋圓の袋を受け取る。

「いや、あながち間違いってわけでもないんだよ。主に使われている生薬が、阿仙薬《あせんやく》だから」

阿仙薬は茜《あかね》に似た草の葉と若枝を乾かしたもので、痰《たん》を除き、痛みを癒し、消化を促し、血止めにもなる。肌に塗《ぬ》れば、傷の治りをよくもする。

「これはうちが納めてるからたしかだ。他はそうだな、甘草《かんぞう》と陳皮《ちんぴ》、麝香《じゃこう》も少し入ってんのかな」

袋の口を開けて薬のにおいを嗅《か》ぎながら、なにが使われているか考えてみる。製薬の秘密を守るためか、勧学屋では阿仙薬以外の生薬は、別の問屋から仕入れているのだ。

「おお、すごい。においだけで分かるのかい」

「なんとなくだよ。合ってるかどうかは知らねぇよ」

「熊ちゃんたら本当に、立派になって」

持ち上げられると、悪い気はしない。なにせ生薬の名やその組み合わせを覚えるのは、大変だったのだから。

そんな誇らしい気分も、長続きはしなかった。お勝が燗《かん》のついたちろりを片手に、

「ちょいとちょいと」と割り込んできた。

「酒も頼まずに、なに盛り上がってんのさ。ほら、勝手に二合つけてきたよ」

そういえば、まだなにも頼んでいなかった。ご隠居もこれからだったようで、「かたじけない」と盃《さかずき》を取る。

ところが只次郎ときたら、お勝が差し出してきた盃をそっと押し戻すではないか。

「いや私は、酒はいいです。それより水を一杯ください」

「どうしたんです。どこか、具合でも？」

お妙が心配げに眉根を寄せるが、たぶん違う。只次郎はおそらく、あれを試そうとしているのだ。

「大丈夫ですよ。ただ、これを飲んでみようと思いまして」

そう言って取り上げたのは最後の薬袋、酒禁丸である。効能は、まさに読んで字のごとし。

「なんでも胸中の酒癖《さけぐせ》を取り去って、酒好きであろうとも飲む気が失《う》せるそうですよ」

「どうも胡散《うさん》臭いねぇ。本当に効くのかい？」

「だからそれを、試してみるんです」

これは毛生え薬や歯の抜けざる薬とは違い、亭主や家人の様子からは効き目が想像できなかった。ならば自分で、飲んでみようというわけだ。

「変なもの、入ってませんよね」

お妙が案じるのももっともだ。今のところ、この薬で人死にが出たという話は聞かない。

「これも、仕事のうちですからね」と、只次郎が真面目ぶる。

嘘つけ、たんに面白がってるだけのくせしやがって。

やれやれお妙さんも苦労するぜと呆れつつ、熊吉はご隠居と己の盃に酒を満たした。

五

只次郎の喉仏《のどぼとけ》が上下して、黒っぽい丸薬を飲み下す。熊吉たちだけでなく、話の流れが洩《も》れ聞こえていたらしい周りの客も、ちらちらと様子を窺っている。

「どうだい？」と、身を乗り出して尋ねたのはお勝である。

只次郎は神妙な顔で胸元を撫でている。

「なんとなく、胸が軽くなった気がしますね。スースーとして、涼やかな感じです。

これはたしかに、酒の気分じゃありません」

　本当かよと、疑いの目で見てしまう。スースーすると言うからには、薄荷《はっか》でも入っているのだろうか。それならたしかに、酒と合わない気はするが。

「うん、ご隠居や熊吉が目の前で飲んでいても、ちっとも羨《うらや》ましくないですよ」

　盃の中の酒はおそらくご隠居の置き徳利に入っていた上諸白《じょうもろはく》で、すこぶる旨《うま》い。雑味が少ない上に、米の甘みが引き立っている。己の稼ぎでは口にできぬ酒に、これはとても我慢《がまん》できねぇやと熊吉は思う。

　そうこうするうちに、お花が勝手口から入ってきた。お銀に薬を渡し、話し相手にでもなってきたらしい。戻るとすぐに手伝いをはじめ、小上がりの空いた皿を片づけはじめる。

「あれ。熊ちゃんお酒、いいの？」

「ああ、もう手代だからな」

「ふぅん。只次郎さんは、飲まないの？」

「それが、飲みたくならないんだよ。まるで生まれ変わったみたいにね」

「変なの」

　いいぞ、もっとやれ。それはたぶん、思い込みだ。そんなに簡単に酒がやめられるなら、誰も苦労はしなかろう。

一月の藪入《やぶい》りのときにはじめて飲んだが、これはちょっと癖になる味だ。しかも熊吉はいける口のようで、いくらでも飲めてしまう。その間ずっと頭の中が楽しいのだから、飲み助の気持ちも分からぬではない。

酒を楽しんでいるうちはいい。だが頼るようになってはいけないのだろうとも思う。

「うん、さっぱりとしたもずく酢が旨《うま》い。山芋のシャキシャキした感じがいいですね。酒などなくとも、お妙さんの料理があれば充分ですよ」

「おや、そうですか。ならどんどん食べましょう。お妙さん、持ってきてください」

「はい、ただいま」

ご隠居が、企《たくら》み顔になっている。手を叩くと、お妙が料理の載った折敷《おしき》を運んできた。

「分葱《わけぎ》と青柳《あおやぎ》のぬた、それから春牛蒡《はるごぼう》と椎茸《しいたけ》の山椒煮《さんしょうに》です」

どちらも実に旨そうだ。只次郎がさっそく箸《はし》を取る。

「ああ、春の分葱の歯応《はごた》えが柔らかくって、ほんのりと甘みもあって——」

「そうですね。酢味噌にほんのり芥子《からし》が効いているのも、酒が進みますよ」

「牛蒡も、味がよく染みていて——」

「山椒の風味が酒にぴったりですね」

「ちょっと、やめてくださいよ！」

わざと感想を被《かぶ》せておいて、ご隠居は「なんです？」と空惚《そらとぼ》ける。

「べつに構わないでしょう。お前さんは、酒を飲みたくないんだから」

「ええ、そりゃあまぁ、そうですけど！」

なんとも大人げないやり取りだ。他の客の注文を聞く傍《かたわ》ら、お花が白けた目を向けてくる。

まったく、お前のお父つぁんと祖父《じい》さんになった男たちはどうしようもねぇな。

苦笑しつつ、熊吉も料理に箸をつける。そのまま自然の流れで、盃を手に取っていた。

「うわぁ、青柳から滲《にじ》み出る旨みが、酒に溶けてなお旨《うめ》ぇ！」

自分が飲めるようになってみて、つくづく思う。お妙の料理とはこんなにも、酒に合うものだったのかと。この楽しみを知れただけでも、早く出世した甲斐《かい》があった。

「なんだよ、熊吉まで」

「あれ、もしかして飲みたいのかい？」

「いや、飲みたかぁないですけどね」

嘘をつけ。只次郎の目が、熊吉が手にした盃に釘《くぎ》づけになっている。見せつけるように顎をのけ反《ぞ》らせ、クイッと喉に流し込んでやった。

「ご隠居、どうぞ」

「ああ、どうも」

ちろりを手に取り、ご隠居の盃に注ぎ足《た》してやる。とく、とく、とく、とく。いい音を響かせて、己のぶんも手酌《てじゃく》した。

やせ我慢も、ほどほどにしておけばいいのに。お妙が戻って行った調理場から、しゅわしゅわしゅわと、油の泡立つ音がする。あれが聞こえないのだろうか。

「お待たせしました。タラの芽の天麩羅《てんぷら》です」

ほら見ろと、只次郎に笑いかける。これでもまだ意地を張る気かと、周りの視線まで集めている。

「このほろ苦さにはやっぱり、酒ですねぇ」

「本当だ。口の中に残る苦みを、酒の甘みが包んで喉の奥にゆっくり去ってく。タラの芽って、こんなに旨かったんですね」

「熊吉は、若いのにいい飲みっぷりだよ。どれ、もう二合頼もうか」

「ありがとうございます」

ご隠居と結託して、揺さぶりをかけてゆく。さて、只次郎はどう出るか。

「おやまぁ、顔を背《そむ》けて食べてるよ」

酒を運んできたお勝が、「馬鹿だねぇ」と肩をすくめる。酒を酌み交わすご隠居と熊吉を見ぬように、只次郎はあらぬほうへ顔を向けていた。

「そんなに、無理をしなくてもいいんじゃないですか」

「はて、無理とはなんのことでしょう」

ご隠居の甘い囁きにも、耳を貸さぬ気力がまだある。案外粘《ねば》るものである。

「あら、まだ我慢していたんですか」

皿の上の天麩羅をすっかり食べ終えたころに、お妙が次の料理を運んできた。甘辛い、醬油《しょうゆ》のにおいがする。

「鰆《さわら》を、筍《たけのこ》と煮てみました」

旬《しゅん》と旬の、掛け合わせだ。旨くないはずがない。

「ほくほくと柔らかい筍に、鰆のさっぱりとした風味が染みて、これはまさに春の味ですね」

「前ならこれで、飯を食ってたんだろうなぁ。いや、それも悪くないんだけどさ。酒ってこんなにも、魚の旨みを引き立てるんだね」

只次郎に当てつけるつもりがなくても、箸が止まらない。鰆と炊き合わせるなら、筍がいい。そう思えるほど、相性のいい組み合わせである。

さて、いよいよだ。只次郎が筍を口に入れ、歯を立てる。鰆の旨みの溶《と》けた出汁《だし》が、じゅわっと滲み出たことだろう。目を閉じて震えるほど、旨かったようだ。

「すみません、お妙さん。盃をもう一つ」

只次郎が額に手を置き、負けを認める。とたんに周りが、わっと沸《わ》いた。

「ふぅ、やっぱりこれだ。旨い！」

盃に口をつけ、舌に残る甘辛い煮物の味を流してから、只次郎はやっと人心地がついたようだ。衿元《えりもと》を寛《くつろ》げて、肩の力をふうと抜く。

「効きませんでしたね、酒禁丸」

「いいやこれは、お妙さんの料理でなければ我慢できましたよ」

「さぁ、どうだか」

お妙が朗《ほが》らかに笑いながら、横から茶々を入れてくる。髪に挿《さ》した緑瑪瑙《みどりめのう》の簪《かんざし》まで、とろりと楽しげに光っている。

「きっと、只次郎さんは飲んじゃうと思ってた」

誰もが予想していたことを、お花があらためて言葉にする。可愛い娘に突き放されて、只次郎は「あらら」とよろけるふりをした。

かと思えば酒禁丸の袋を拾い上げ、冷静な判断を下す。

「でもそうだね、面白くはあったけど、これはもう二度と買わないね」

目新しさに負けて買ってはみても、ろくすっぽ効かないのだから、二度目はない。あの店もこの先、売り物が酒禁丸だけでは立ち行かなくなるだろう。

「やっぱり息が長いのは、万病に効く薬かな」

呆れた。さっきまでふざけていたのに、いつの間にか仕事の話に戻っている。

「どう思う?」と話を振られ、熊吉も酒の勢いで答えた。

「オイラは効能を限《かぎ》るのがいいと思う。たとえば血の道とか、疳《かん》の虫とか。そのほうが、的が絞りやすい」

万能薬はたしかに便利だが、どういった人たちに届けたいのかという、的がぼやける。勧学屋のような一風変わった店であれば客のほうから勝手に吸い寄せられてくれるが、俵屋はごく普通の薬種問屋だ。こちらから働きかけないと、客は動いてくれなかろう。

とそこへ、穏やかな男の声が割り込んできた。

「そうだね。実は私も、熊吉と同じ考えだよ」

酔って空耳でも聞いたかと、顔を上げる。いいやたしかに見慣れた顔が、小上がりの手前に立っていた。

「あっ、旦那様！」

いつからいたのだろう。気づかなかったのは、酒のせいか。熊吉は、慌てて土間に飛び降りた。

「こら熊吉、行儀が悪い。焦《あせ》らなくても、叱《しか》りゃしないよ。言いつけた仕事は終わってるんでしょう？」

「へい、もちろんです」

「ならばいい。それで、薬のことなんですけどね」

さっきまで自分が座っていたところに旦那様を座らせて、熊吉は新しい箸と盃を取りに行く。給仕の手伝いをしたことがあるから、どこになにがあるかはだいたい分かる。

「私にはずっと、扱ってみたい薬がございまして。ねぇ、お妙さん」

「はい、なんでしょう」

旦那様に呼びかけられて、お妙は空いた皿を引きながらにこやかに返した。

「お願いします。どうか龍気養生丹《りゅうきようじようたん》を蘇《よみがえ》らせて、うちで売らせてもらえませんか」

その薬の名は、熊吉も聞いたことがある。たしかお妙の亡き父が作り、前の良人《おっと》が売り歩いていたという、精力剤ではなかったか。

以前から俵屋の商い指南に入っていた只次郎にとっても、これは寝耳に水だったらしい。

「へっ？」と素《す》っ頓狂《とんきょう》な声を上げ、同じく目をまん丸に見開いているお妙と顔を見合わせた。

枸《く》杞《こ》の葉

一

朝の女湯は空《す》いている。

仕事の前にひとっ風呂《ぷろ》と決め込む男たちとは違い、朝餉《あさげ》の始末に掃除《そうじ》洗濯《せんたく》、子供の世話と、女の朝は忙しい。濛々《もうもう》たる湯気に満ちた浴槽《よくそう》には、お花《はな》の他に皺《しわ》んだ老婆《ろうば》の姿があるばかり。

卯月《うづき》十日、じっくり温まりたい冬ならともかく、外はすっかり初夏の陽気だ。洗い場との間を仕切る石榴口《ざくろぐち》は低く、湯気の逃げ場がないために、ちょっと湯に浸《つ》かっただけで頭にまで靄《もや》がかかったようになる。お花よりもずっと前から湯船にいるらしいあの婆《ばあ》さんは、大丈夫なのだろうかと心配になる。

「お花ちゃん。そろそろいらっしゃい」

洗い場から、柔らかな声で呼びかけられた。もう充分な頃合《ころあ》いか。お花は湯船の中に立ち上がり、鳥居形の石榴口をくぐる。洗い場に、お妙《たえ》が片膝《かたひざ》を立てて座っていた。

「あら、顔が真っ赤」

くすくすと笑われて、頰《ほお》がいっそう火照《ほて》った気がする。

実母のお槇《まき》と暮らしていたころは、湯屋《ゆや》などめったに来られなかった。鼻の利《き》くお花は己の垢《あか》じみたにおいを嫌い、物心ついてからは井戸端で行水をしていたものだ。夏ならそれで、風邪《かぜ》もひかない。だが冬はそうもいかず、絞った手拭《てぬぐ》いで体を拭《ふ》くのが関の山。薪炭《しんたん》がなく湯が沸《わ》かせないから、その手拭いすら冷たい。

湯気の立つ湯船に体を沈め、ゆったりと四肢《しし》を伸ばす。ただそれだけのことが憧《あこが》れで、いざ毎日湯に通える身となると、もう少し、あと少しと、出さずともよい欲が出る。その卑《いや》しさを見抜かれているかのようで、恥ずかしかった。

「いらっしゃい。背中を流してあげる」

お妙の裸身の美しさにも、まだ慣れない。肌は乳を溶いたかのように白く張りがあり、肩や腰は優美な丸みを帯《お》びている。人妻となってからはその丸みが、いっそう艶《つや》めいたようである。肉が薄くついた下腹に目が吸い寄せられそうになって、お花は慌てて背を向けた。

ぬるま湯を含んだ糠袋《ぬかぶくろ》が、背中の上を滑ってゆく。米糠のほかにつんと鼻を刺すにおいがするのは、鶯《うぐいす》の糞《ふん》だ。日に当ててよく乾かし、粉にしたのを、少量混ぜている。なかなか高価なものらしいが、なにせ家には売るほどある。

鶯の糞は、肌を白くするという。お妙の肌がいつまでも美しいのは、そのせいだろうか。かつては土牛蒡《つちごぼう》のように黒かったお花の肌も、そういえばずいぶん白くなっている。

そのお蔭《かげ》か、それとも月日が経《た》ったからか、引き攣《つ》れたような火傷《やけど》の痕《あと》も目立たなくなってきた。右の内腿《うちもも》に二つと、左の二の腕に一つ。どれもお槙に、煙草《たばこ》の火を落とされた痕である。体中にあった痣《あざ》はまるでそんなことなどなかったかのように消えてしまったのに、これだけはうっすらと残り続けるのだろう。

「はい、前は自分でやってちょうだい」

桶《おけ》の湯が背中を洗い、糠袋が差し出される。お花はそれをお妙の手から受け取って、左の二の腕に強く押しつけた。

四月の頭に着物から綿を抜いたばかりというのに、湯上りにはそれすら暑い。体の熱が逃げていかなくて、清めたばかりの肌にじわりと汗がにじむ。

外に出れば、陽射《ひざ》しが強い。しかしうなじを撫《な》でる風はからりと乾いていて、お花は心地よさに目を細めた。

この季節の風は、芳《かんば》しい。目に鮮やかな青葉の香りを、鼻先にまで届けてくれる。

その中に、麹《こうじ》のほんのりとした甘みが混じっている。

「ああ、来ましたか」

　先に湯屋を出たらしい只次郎《ただじろう》が、甘酒を飲みながら待っていた。すぐ近くに、甘酒売りが荷箱を下ろして立っている。炉《ろ》が入っていないところを見ると、冷やし甘酒なのだろう。

「飲むかい？」と聞かれ、頷《うなず》いた。冷やしといっても熱くないというだけで、特段冷たくもない。それでも渇《かわ》いた喉《のど》に、甘酒の柔らかな甘みがすっと吸い込まれてゆく。お妙と共に一杯ずつ飲み、ふうっと腹の底から息をついた。

　さらさらと流れる神田川《かんだがわ》の水音が、涼しげだ。近隣の子らが膝まで水に浸かり、小魚を追いかけ回している。以前はこの近くに『ぜんや』があったらしく、川面《かわも》を見つめるお妙と只次郎の横顔が、どこか懐かしげに弛《ゆる》んでいた。

　間断なく流れる水は、陽射しを受けてまるで青魚の背のように光っている。それを見て思い出したのか、只次郎が歩きだしながらお妙に尋《たず》ねた。

「そういえばさっき、鯵《あじ》を捌《さば》いて酢に漬けていましたよね。あれはなにを作るんですか」

　朝餉を終えてまださほども経っていないのに、早くも食べ物の話である。お妙が作る三度の飯を楽しみにしているのはお花も同じだが、只次郎はいささか度が過ぎている。

「分葱《わけぎ》と合わせて、ぬたにしようかと」

「酢味噌《すみそ》でさっぱり、いいですね」

「それから仲買いの『カク』さんが、後で栄螺《さざえ》を届けてくださるそうで。そちらは壺《つぼ》焼《や》きにしましょう」

「ああ、困った。話を聞いているだけで、一杯やりたくなってきました」

「いけませんよ。これからお仕事なんですから」

仲睦《なかむつ》まじい二人の後《うし》ろ姿に、お花も一歩遅れてついてゆく。お妙に合わせて歩調を弛めることさえ嬉《うれ》しいようで、只次郎の肩が弾《はず》んでいる。武士のころは並んで歩くこともできなかったからねと、嬉しそうに告《つ》げたものである。

これだけ仲がいいなら、そりゃあ——。

視線がやはり、お妙の腰回りに絡んでしまう。先日裏店《うらだな》に住むお銀《ぎん》に薬を届けたところ、これは子ができたときに飲む薬だと教えられた。なんでも人の子というのは女の血の道とは切り離せないようで、それを整えるための薬なのだという。

「アンタが知らないってことはまだ、周りには秘してるんだろうねぇ。子が腹に宿ったからって、無事育つとはかぎらないからさ」

そういえば薬種問屋の熊吉《くまきち》も、なんとなくあたりを憚《はばか》るようにしてお妙に薬を渡していたっけ。お妙もあれを、飲んでいるのだろうか。

夫婦になって、早や五年。二人の間に子ができたなら、喜ばしいことだ。いい姉になれるかどうか不安はあるが、お妙の子ならば可愛《かわい》かろう。弟か妹ができるといつ告げられても驚かぬよう、心構えだけはしておこうと思っていた。

それからすでに、ひと月あまり。お妙ときたら、子ができたとにおわせる素振りもない。只次郎だって知らぬはずはなかろうに、変わった様子も見せなかった。

どうしてなにも、言ってくれないのだろう。

やっぱり私が、実の子じゃないからかな。

考えまいとしても、そんな疑問が胸に浮かぶ。血の繋《つな》がった子が生まれるならば、お花などもういらないのではないか。もしかすると、また捨てられてしまうのかもしれない。

大丈夫、大丈夫。と、言い聞かせる。

お槇に捨てられた五年前に比べれば、体も大きくなったし知恵もついた。いらなくなったなら、よその家に奉公に出してもらえばいい。それならば、食いっぱぐれるこ

「あら、枸杞」

前をゆくお妙が、ふいに足を止めた。考えごとをしていたせいでその背にぶつかりそうになり、空足《からあし》を踏《ふ》む。強くぶつかって、万一のことがあっては大変である。そんなお花の気持ちを知ってか知らずか、お妙は神田川の土手に身を乗り出す。足を滑らせたりしないよう、その袂《たもと》の端を慌てて摑《つか》んだ。

お妙が手を伸ばしているのは、土手に生《は》えた青々とした低木だ。細い枝が何本も、川辺に向かって垂《た》れ下がるように伸びている。

枸杞といえば秋になると赤い実をつけるのだが、今の時期は若葉が茂るばかりである。他の草木に紛《まぎ》れて見逃しそうなものを、目聡《めざと》く見つけたのだった。

「ちょうどいいわ。新芽を摘《つ》んで、枸杞飯にしましょう」

「枸杞飯?」

耳慣れぬ料理の名に、首を傾《かし》げる。お妙の説明によると、炊きたての飯に、塩茹《しおゆ》でして刻んだ枸杞の葉を混ぜたものだという。

「それを好んで食べていた天海和尚《てんかいかしょう》は、百八歳まで生きたというくらいだもの。とても滋養があるのよ。葉だけじゃなく実も花も根も、生薬《きぐすり》として用いられているの」

「そういうことなら、摘んで行きましょう」

只次郎が首に掛けていた手拭いを外し、畳《たた》んだり端を縛ったりして、袋状の入れ物を作る。こういうところは、妙に器用である。

「なるべく柔らかい新芽を選んでね。枝に棘《とげ》があるから、気をつけて」

お妙の注意を聞きながら、お花はゆっくりと土手を下りてゆく。枝先のあたりは傾斜が急だ。そんなところにお妙を行かせるわけにいかないから、自分が受け持つことにした。

足元に気をつけながら、枝の先端についた新芽を摘んでゆく。葉を千切ると上等な茶葉や柏《かしわ》の葉にも似た、爽《さわ》やかな香りが立ち昇る。

そうだ。生薬といえば、あの話はどうなったんだろう。

葉のにおいが指先に移るのを感じながら、ふと思う。

あれもやはり、ひと月ほど前のことだった。俵屋《たわらや》の旦那《だんな》が『ぜんや』にやって来て、龍気養生丹《りゅうきようじょうたん》という薬を蘇《よみがえ》らせたいと持ち掛けてきた。なんでもお妙の父は堺《さかい》で医者をしていたそうで、彼が作ったその薬が、江戸でも評判を呼んでいたらしい。

だが父親の死と共に龍気養生丹もその姿を消してしまい、作りかたも闇《やみ》の中。それていると言っていましたよね」

でも俵屋は、諦《あきら》めてはいなかった。

「たしかお妙さん、龍気養生丹を見よう見まねで作って怒られたことがあると言っていましたよね」

ならば、薬の配分を覚えているのではないかというのだ。記憶にあやふやなところがあったとしても、薬種問屋の知恵で補《おぎな》える。力を合わせてもう一度、お父上の薬を作ってみませんかと熱く語った。

亡き父の薬が再び、日の目を見るかもしれない。それはいいことのような気がするのに、お妙は歯切れ悪く、「少し考えさせてください」と言葉を濁《にご》した。あの返事はもう、したのだろうか。

「どうです。決心は、つきましたか」

そよ風に乗って、只次郎の声が聞こえてくる。風向きの関係か、お花の声は届けようとしないかぎり届かないようなのに、二人の会話はどうにか聞き取れた。

「でもあの薬は、やはり危ないと思うんです」

どうやら、龍気養生丹の話である。生薬に使われるという枸杞から、同じ連想をしたようだ。なにが危ないのだろうと興味を引かれ、お花はいっそう耳を凝《こ》らす。

「だって、父の薬ですよ。そんなものを世に出したら、またあのお方に目をつけられるでしょう」

「あのお方なら、一月に隠居なさいましたけどね」

「だったらなおさら、暇《ひま》を持て余しているでしょう。あなたも先日、呼びつけられていたじゃないですか」

「ええ、なぜだか気に入られてしまったようで」

いったい、誰《だれ》の話をしているのか。「あのお方」について、二人が話し合っているのを聞くのははじめてじゃない。

いつも決まって声を潜《ひそ》め、お花が近づくとはっとして話題を変える。立ち入ってはいけないことなのだろうと悟《さと》り、聞こえなかったふりをしているから「あのお方」が誰なのかは分からぬままだ。ただ漠然《ばくぜん》と、身分のありそうな人だと思うばかりである。

「お妙さんも、お父上の薬が求められるのは嬉しいでしょう」

「それは、そうですけど」

まだ胸のつかえがあるかのように、言い淀《よど》む。そんなお妙を元気づけようというのか、只次郎が己の胸を叩《たた》いた。

「大丈夫です。私は今や、商人ですよ。目をつけられる前に、こちらから薬を売りつけてやりますよ」

「あのお方はご子息に、どんどん子を作るようにと勧《すす》めているらしいです。龍気養生丹なんて、ぴったりじゃないですか。さっそく、ふとい客がつきそうですね」

「まぁ、そんな」

「いやだ、なんてたくましい」

くすくすと、楽しげな笑い声が聞こえてくる。只次郎は、お妙の憂《うれ》い顔を解くのがうまい。そんなふうにお花も誰かを笑顔にしてみたいと思うのだけど、どうすればいいのか分からなかった。実の子ならばお妙の思慮深《しりょぶか》さと只次郎の人懐《ひとなつ》っこさを受け継《つ》いで、誰からも好かれる子になれただろうに。

新芽を摘んだ拍子に枝が跳《は》ね返ってきて、鋭い棘が指先をかすめた。赤い血が、玉になって滲《にじ》み出てくる。

「あっ」

棘があるから気をつけてと、注意を受けていたのに。

「言わんこっちゃない。アンタはやっぱり、愚図《ぐず》だねぇ」

近ごろ面影《おもかげ》のぼやけてきたお槙が、頭の中でお花を罵《ののし》る。

分かっている。お妙は決して、そんなことは言わない。なのになぜか、怪我《けが》をしたとは言いだしづらかった。

幸いにも、たいした傷じゃない。指先を口に含むと、鉄錆《てつさび》の嫌なにおいが鼻を突いた。

二

井戸端に盥《たらい》を置き、汚れた皿を洗ってゆく。

今日の献立《こんだて》に脂《あぶら》っこいものはないから、手で撫でるだけで充分だ。難敵なのは茶碗《ちゃわん》にこびりついた米で、それは水に浸けてふやかしておく。

昼餉の客が少し落ち着き、ほっと気を弛められるひとときだ。店の手伝いは好きだが、お花は客あしらいがうまくない。こうして裏で洗い物をしているのが、けっきょく性《しょう》に合っている。

さっきもはじめて来た客に、「愛嬌《あいきょう》のねぇ子だなぁ」と言われてしまった。持っていく料理を間違えたから素直に「すみません」と謝ったのに、なにがいけなかったというのだろう。

「いいよねぇ、赤ちゃん。アタシもほしいなぁ」

傍《かたわ》らにしゃがむおかやが、舌ったらずにそう言って唇《くちびる》を尖《とが》らせた。膝小僧に肘《ひじ》を置き、頬杖《ほおづえ》をついている。大福のような頬は柔らかそうで、黒目がちの目がくりくりと動く。ちょっと見ているだけでも表情が楽しげに変わっていって、愛嬌とはつまりこういうことなのだろう。

「おかやちゃんにはまだ、早いんじゃないかな」

数日前におかやの友達の家に、赤子が生まれたのだという。まだろくに目も開いていないその子を見に行き、可愛かったと興奮ぎみに話していた。しかしまだ七つのおかやに、子が産めるはずもない。

「そんなの、分かってるよ」

真面目《まじめ》に受け答えをしたお花に、おかやは呆《あき》れたような目を向けた。

「ようするに、弟か妹がほしいってこと。できれば妹がいいなぁ。おっ母《か》さん、作ってくれないかな」

おかやの母であるおえんは、いつも通り『ぜんや』でつまみ食いをしつつ世間話をしている。さっきまでおかやもその隣にいたのだが、お花が洗い物に立つとついてきた。そして特に手伝いをするでもなく、とりとめのない話をしている。

おえんに似て、歳《とし》のわりに肉づきのいい子だ。手首の境目がむっちりと盛り上がっており、触ると気持ちがよさそうだ。色白の餅肌《もちはだ》もおえん譲《ゆず》りで、どこからどう見ても親子であった。

「もしかしてそれ、おえんさんにも言った？」

「うん。犬の子じゃないんだから無理言うなって、叱《しか》られた」

「あんまり、言わないほうがいいよ」

大人たちの話を聞いていれば分かる。おえんには長らく子ができなくて、悩んだ末にやっとおかやを授かったのだと。望んでもなかなか子ができない夫婦もいれば、望まれずとも生まれてしまうお花のような子供もいる。世の中は、どうも歪《いびつ》にできている。

「なんでよ。アタシだって、妹ほしいもん」

焼いた餅よろしく片頬を膨《ふく》らませ、おかやが拗《す》ねて見せる。しょせん、自分にないものを持っている友達が羨《うらや》ましいだけなのだ。

おえんの気も知らずに我儘《わがまま》をぶつけてしまえるおかやの邪気のなさが、いっそ眩《まぶ》しいくらいである。どんな振る舞いをしても、親に見捨てられることはないと知っている。だってその体には、親につけられた傷などないのだから。

「お花ちゃんは、ほしくないの？」

尋ねられて、お花は口をつぐんだ。喉元がつかえ、すでにいるかもしれないとは言えなかった。

本当はもう、捨てられたくない。行き場のない思いを味わうのはたくさんだ。いっそのこと、自分がお妙の腹に入って二人の子として生まれ直したいくらいだった。

「ねぇったら。それとも弟がいいの？」

おかやはお花のだんまりを許してくれない。しつこく袖《そで》を引いてくる。互いに立場が違うのに、なぜ分かってくれないのか。

「どっちも、いらない！」

思いがけず、強い口調になってしまった。おかやがびくりと目を見開く。だが誰よりも、お花自身が己の言葉に驚いていた。

——どうしよう、私ったら。

洗っていた皿が、するりと手から逃れてゆく。足元でがしゃんと音がして、我に返ってももう遅い。志野焼《しのやき》の向付皿《むこうづけざら》が、真っ二つに割れていた。

「ああまったく、お前ときたら。皿洗いも満足にできやしない。役立たずに食わせる飯なんかないよ、水でも飲んでな！」

頭の中でお槇が喚《わめ》き散らすのを聞きながら、おずおずと二つになってしまった皿を差し出す。お花はぎゅっと目を瞑《つむ》り、「ごめんなさい」と声を震わせた。

「あらあら。いいのよ、お皿の一枚くらい。そんなことより、怪我はなかった?」

こんな情けないしくじりにも、お妙は声を荒らげない。危ないから渡しなさいと、お花の手から割れた皿を受け取った。

「なんだい、この世の終わりみたいな顔してさ。皿なんか誰だって割るんだ、気にすんじゃないよ」

所在なく丸めた背中を、給仕のお勝《かつ》に叩かれる。勢いを殺しきれず、お花は二、三歩前によろめいた。

「おいおい、お勝さん。力いっぱい叩くんじゃねぇよ。お花ちゃんは華奢《きゃしゃ》なんだからよ」

「そうだそうだ、お花ちゃんはもっと肉をつけたほうがいい。俺《おれ》が持ってきた栄螺、食ったか?」

長《なが》っ尻《ちり》になっている魚河岸《うおがし》の「マル」と「カク」が、小上がりから茶々を入れてくる。

店内が磯のにおいに満たされているのは、只次郎がそれで一杯やりたいのを我慢《がまん》して仕事に出かけた、栄螺を焼いているからだ。あらかじめ身と肝《きも》を取り出し、苦味の強いハカマと砂袋を切り離してから、殻《から》に戻して七厘《しちりん》で炙《あぶ》っている。こうしておけば、肝が途中で切れて客が残念な思いをしなくて済む。

「そうだなぁ。特に尻《しり》は、もっと肉が厚くなくっちゃな」

「ちょいと『マル』、アンタ若い娘を変な目で見るんじゃないよ」

「おいおい、お勝さん。俺ぁべつに、そんなつもりで言ったわけじゃ」

そうだった。皿を割ってしまっても、ここでは飯抜きを言い渡されたりはしない。それどころか、もっと食べろと勧めてくる。なにも、怯《おび》えることなどなかったのだ。

でも今は役立たずと罵られたほうが、気が楽だった。だってお花は気づいてしまった。弟も妹も産まれてほしくないという、本心に。養《やしな》い子と軽んじられることなく、安寧《あんねい》に暮らしたい。そんな浅はかな願いが、自分の中にたしかにある。

お花の心の叫びを聞いて気圧《けお》されたのか、おかやはおえんをせっついて家に帰ってしまった。どうせ今ごろ、「お花ちゃんは弟も妹もいらないって」と噂《うわさ》されていることだろう。それがおえんの口からお妙の耳に入るのも、遠からぬことである。

お腹の子がお花に疎《うと》まれていると知ったら、お妙は悲しむに違いない。

こんなに、よくしてもらっているのに。

五年も手元で育ててもらい、たっぷりと慈愛を注がれてきた。なのになぜ、それだけで満足できないのか。渇きの癒《い》えぬ喉を掻《か》きむしり、もっともっと、独《ひと》り占《じ》めしたいともがき続ける。

「そんなにしょげないで、お花ちゃん。お皿なら、漆《うるし》で継いでもらえばまた使えるんだから」

割れた皿を手拭いで包み、お妙が微笑《ほほえ》みかけてくる。その丁重《ていちょう》な取り扱いに、お花は目を瞠《みは》った。

「直せるの？」

お槇なら割れた皿など土間に叩きつけ、さらに粉々にしてしまう。それを片づけるのも、お花の仕事だった。

「なんだ、知らねぇのか。ほらこの皿も、欠《か》けたところを直してあるじゃねぇか」

そう言って、「カク」が焼き淡竹《はちく》の載った皿を指し示す。孟宗竹《もうそうちく》の筍《たけのこ》は旬《しゅん》が終わってしまったが、淡竹や真竹《まだけ》はこれからだ。皮のまま竈《かまど》で焼いて、半分に切ったものに醤油《しょうゆ》を塗ってある。

香ばしいにおいを嗅《か》ぎながら顔を近づけると、たしかに角皿の四隅《よすみ》の一つだけ色が違う。漆は小麦粉や砥《と》の粉を混ぜると糊《のり》になるのだと、お妙が横から教えてくれた。

「継ぎのある皿もまた、味があって面白い。人もそうだろ。乗り越えた傷が多いほど、旨《うま》みが出るってもんよ」

「浮気がばれて、かみさんに引っかかれた傷とかな」

「うるせぇ。それにあれは、浮気じゃねぇ。そっちの娘っ子にもふられたわ」

「カク」のからかい口に、「マル」が拳《こぶし》を振り上げるふりをする。お勝がしれっとした顔で「お可哀想《かわいそう》に」と言えば、「思ってもねぇ同情はやめてくれ」と拗ねて見せた。

その様子に、お妙が声を上げて笑っている。お花もつられて笑いながら、袖の上から左の二の腕を押さえた。

小さく残る、火傷の痕。「マル」の言うことが本当ならば、自分もいずれ、旨みのようなものが出てくるのだろうか。こんなにも心が狭くて偏屈《へんくつ》で、世話になった人の幸せを喜べもしないのに。

いい子になれなくて、ごめんなさい。

言葉にするのは難しくて、胸の内でそっと詫《わ》びる。お妙の手はすべてを包み込むように、お花の背中を撫でていた。

三

炊《た》きたての土鍋《どなべ》の飯に、刻んだ枸杞の葉の塩茹でをまぶして蒸らす。しばらくして蓋《ふた》を取ると、新茶のような爽やかな香りが湯気と共に広がった。

「ああ、いいねぇ。初夏にぴったりのにおいだ」

「香りに誘われて、箸《はし》がどんどん進んじまうよ」

帰る前にと飯を頼んだ「マル」と「カク」が、茶碗に口をつけて枸杞飯を掻き込んでいる。昼からさんざん酒を飲み、肴《さかな》も食べたはずなのに、凄《すさ》まじい勢いで土鍋の中身が減ってゆく。

合間に焼き豆腐の味噌汁を含んで「マル」が「たまんねぇな」と言えば、蕗《ふき》の伽羅《きゃら》煮《に》をつまんだ「カク」が「ちげぇねぇ」と返す。仲のいい二人である。

「はい、お花ちゃんにもお八《や》つ代わり」

その枸杞飯を、お妙が握り飯にして出してくれた。小ぶりなのが二つ。さっそく床《しょ》几《うぎ》に座ってかぶりつくと、いい塩加減でますます旨い。鼻の奥にすっと抜ける香りを堪能《たんのう》しているうちに、あっという間に食べ終えてしまった。

「ついてるよ」

名残惜《なごりお》しく指についた塩気を舐《な》め取っていたら、隣で煙管《きせる》を吹かしているお勝に頬をこすられた。どうやら米粒がついていたらしい。お勝はそのひと粒を、躊躇《ためら》いもなくぱくりと食べた。

「あっ」と、小さく声を上げてしまう。お勝はなにごとかと問うように首を傾げた。

「食べちゃうんだ」

「そりゃあ、もったいないからね」

「汚くないの？」

「汚いもんか。妙の子ならアンタは私にとっても孫みたいなもんだろ」

お槇に生家との繋がりがなかったから、お花は実の祖母を知らない。「孫」と小さく呟《つぶや》くと、とたんに面映《おもは》ゆくなった。

「でも、実の子じゃないし」

「そうだね。だからなんだってんだい」

「頑張っても、お妙さんみたいにはなれない」

「なる必要があるのかい？」

問い返されて、戸惑《とまど》った。なんでもできておまけに優しい、お妙のような人になりたいと願うのはあたりまえのことではないのか。

きょとんとしているお花をよそに、お勝は吸い終わった煙草を捨てて二服目をつける。煙をお花が好きな輪っかに吐くと、にやりと笑いかけてきた。

「ま、アタシに言わせりゃ、アンタと妙は似ているけどね。頑《かたく》なで、しかも怖がりだ」

ますますもって、分からない。愚図な自分とお妙が、似ているだなんて。

納得しかねて眉《まゆ》を寄せていると、煙草のにおいのする指で眉間《みけん》を突かれた。

「べつに、あの子を目指さなくたっていい。アンタは、アンタなんだから」

お勝の言うことは、難しい。お花がお花のまんまでいて、なにかいいことが起きるだろうか。

「ほら、考え込まない。アンタはもっと、人に甘えることを覚えな」

それはますます、難しい。お花には許される甘えと、迷惑の区別がつかない。

「どうすればいいのか、分からない」

「そうさねぇ──」

続く言葉を探しながら、お勝がぐるりと視線を巡らせる。飯を食べ終えた「マル」と「カク」が、立って勘定《かんじょう》を済ませていた。

「ありがとよ、今日も旨かった」

「また来るよ」

「はい、お待ちしております」

お妙もにこやかに腰を折り、二人を送り出そうとしている。とそこへ、開け放した入り口の向こうに「えっほ、えっほ」とやって来た辻駕籠《つじかご》が止まった。

「お代は、升川屋《ますかわや》でもらっとくれやす」

上方訛《かみがたなま》りでそう言って、中から転《まろ》び出てきたのは商家のご新造《しんぞ》風の女である。足元がおぼつかず、右へ左へよろめいて、慌てて駆け寄ったお妙にすがりつく。

「どうなさったんです、お志乃《しの》さん」

「すんまへん、お妙はん。ちょっと駕籠に、酔《う》うてしもて」

たしかに、顔からは血の気が失せている。お志乃には珍《めずら》しく、化粧《けしょう》もろくにしていない。着物の裾《すそ》を端折《はしょ》りもせず、引きずったまま歩いていた。

「ああ、ほら。甘えるのがうまい子がおいでなすった」

お勝はお花にだけ聞こえるよう声をひそめ、入り口に向かって顎《あご》をしゃくった。

新川《しんかわ》の下り酒問屋、升川屋は、近ごろますます勢いがいい。本来の下り酒の商《あきな》いのみならず、焼酎《しょうちゅう》に生薬を漬け込んだ薬酒が人気だ。もちろんその案を出したのは只次郎で、開発に協力したのは薬種問屋の俵屋である。

主《あるじ》の升川屋喜兵衛《きへえ》は脂の乗った男盛り。行き過ぎぬようご新造のお志乃がその手綱《たづな》を引き締めて、跡取り息子もできがいいともっぱらの評判だ。

幸せを絵に描《か》いたような大店《おおだな》と、その家族である。そんな升川屋のお志乃のただ事ではない様子に、お花はなにがあったのかと気が気でない。

駕籠に酔ったというのでひとまずは、お妙が二階の内所へ寝かせに行った。話し声が洩《も》れ聞こえるわけもないが、つい心配になって天井を見上げてしまう。

「よかった。やっぱり行き先は、『ぜんや』だったか」

小上がりでは熊吉が大きな体を丸め、ぜえぜえと息を整えている。駕籠からお志乃が転がり出てきたと思ったら、後から熊吉が走って追いついてきた。

なんでも升川屋に薬酒用の生薬を届けに行ったところ、裏口から飛び出してきたお志乃とぶつかりそうになったという。慌てて道を開けてやるとお志乃は通りがかった辻駕籠を呼び止めて、そのまま去って行ったからさぁ大変だ。

後ろからは「ご新造様ぁ！」と追い縋《すが》る女中の悲痛な叫びまで聞こえてきて、これは見過ごせぬととっさに駕籠を追いかけた。お志乃が正気を失って駆けつける先など

『ぜんや』くらいのものと思っていたが、それがぴたりと当たったわけだ。

「お疲れだね。ほら、水でも飲みな」

「ありがてぇ、喉がカラカラだ」

お勝から湯呑《ゆのみ》を手渡され、熊吉は喉を鳴らして一気に飲んだ。それでやっとひと息つけたらしく、額《ひたい》に浮いた汗をお仕着《しき》せの袖でぐいと拭う。

「ふぅ、やれやれ。もうすっかり落ち着いたと思ってたのに、お志乃さんは相変わらずだなぁ」

「そうだねぇ。あの子がああなるってことは、どうせまた亭主がやらかしたんだろうさ」

あんなに取り乱しているお志乃を見るのは、はじめてのこと。それなのに熊吉もお勝も、やけに余裕ぶっている。

「亭主って、升川屋さんのこと？」

尋ねると、お勝が「ああ」と訳知り顔に頷いた。

「そういやアンタはまだ、あの二人の痴話喧嘩《ちわげんか》を見たことがないんだっけね。なぁに、昔はよくやってたものさ」

「喧嘩？」

だったら充分、不穏《ふおん》じゃないか。升川屋は好人物だが、調子もいい。たまに配慮《はいりょ》に欠けたことを言い、お志乃を怒らせてはいる。けれども、夫婦喧嘩にまでは発展していないようだったのに。

「大丈夫、たいしたことじゃないさ」

「ああ、お妙さんに任しときゃ平気だ」

物慣れた様子でそう言われてしまっては、お花も口をつぐむしかない。

小上がりにはもうひと組、さっき入ってきたばかりの客がいる。そちらに呼ばれ、お勝が「はいはい」と用を聞きに行った。

お花は熊吉の膝先に置かれた、空になった湯吞に目を遣《や》る。水のお代わりか、それとも片づけてしまっていいのだろうか。判断がつかないなら聞けばいいだけなのに、口の重いお花はこんなときまごついてしまう。

「なんだよ」と、熊吉のほうから促された。

「それ」とだけ言って、お花は湯吞を指差す。相手が熊吉だから、それだけで通じる。

「ああ、ごちそうさん」

ということは、もうお代わりはいらないのだ。お花は安心して湯吞を引いた。

当帰芍薬散《とうきしゃくやくさん》、だっけ。

熊吉がお妙に渡し、お花がお銀に届けた薬の名を思い出す。お妙の腹に子がいるならば、熊吉は知っているはずだ。

聞いたら、教えてくれるかな。

耳を塞《ふさ》いでいたいようでもあるけれど、気になってしょうがない。どうしたものかと悩んでいると、やはり熊吉のほうが痺《しび》れを切らした。

「どうした、もじもじしやがって。今さらなんの遠慮がある。言いたいことがあるんなら、言ってみやがれ」

お花の口下手《くちべた》を分かっていて、二歩も三歩も先回りをしてくる。幼いころからまめに世話を焼いてくれた熊吉は、兄のようなものだ。そうだ、すでにお花には、兄妹《きょうだい》とも言える相手がいた。

ならば、聞いてみよう。そう決意したところで、二階から下りてくる足音がした。

店との境の暖簾《のれん》をかき分け、折悪《おりあ》しくお妙が戻ってきた。

「おいでなさいませ」

土間に下り、新しい客に挨拶《あいさつ》をしながらこちらに近づいてくる。

「お志乃さんは、落ち着いた？」

「ええ、ひとまず寝てくれたわ」

熊吉の問いかけに、お妙はほっとしたような笑顔で返す。しばらくの間、お志乃の愚痴《ぐち》を聞いてやっていたようだ。

「そっか。ならオイラはもうひとっ走りして、升川屋に知らせてくるよ。たぶんもう、行き先の見当はついてるんだろうけどさ」

そう言いながら、熊吉が立ち上がる。小上がりの客が「おお」と目を瞠《みは》るほどの長身だ。その場でとんとんと軽く飛び上がり、今にも駈《か》けださんとしている。

「待って、熊ちゃん。その前に教えてちょうだい。枸杞の葉は、妊婦が食べても大丈夫かしら」

「えっ、なんだって」

「お志乃さん、おめでたらしいの」

「ああ、そうか。なるほど」

だから駕籠に酔ってたのかと、熊吉が独り言のように続ける。

駕籠など乗ったこともないお花とは違い、大店のご新造であるお志乃は慣れているはずだ。なにごともなければ、足元がおぼつかなくなるほど酔うわけがなかった。

「前もそうだったけどお志乃さんは、悪阻《つわり》で食が細るでしょう。せめて粥《かゆ》に枸杞の葉でも入れてあげれば、香りがいいから食べやすいと思うのだけど」

「なるほどね。たしかに枸杞は、お産を早めちまうと言われちゃいるが」

熊吉が薬種問屋の手代《てだい》の顔になって、真剣に顎を撫でる。生薬の中には、妊婦に禁《きん》忌《き》とされるものがいくつかあるという。

「だけどまぁ、どんぶり一杯食べたりしなけりゃ大丈夫だ。風味づけに、少しだけ入れてあげるといいよ」

「そう、分かった。ありがとう」

「オイラからも升川屋さんに、悪阻の薬を勧めとくよ」

「ええ、お願い」

お妙が頷き返すと、熊吉は「じゃ、そういうことで」と今度こそ店の外へと走りだす。お仕着せから覗《のぞ》く長い手脚が、まるで若竹のように瑞々《みずみず》しかった。

四

「おや、お志乃さんの家出ですか。それはまた、ずいぶん久しぶりにやりましたねえ」

出先で酒を振舞われたらしく、只次郎が帰ってきたのはそろそろ店を閉めようかという頃合いだった。だがどうしても、楽しみにしていた栄螺で一杯やりたいという。ならばと立て看板を取り込んで、お勝も含めた四人で小上がりに置いた七厘を取り囲んでいた。栄螺が焼けるのを待つうちに昼間の騒動を聞かされて、只次郎もまた呑《のん》気《き》な感想を洩らしたものである。

そんなふうに言われるほど、若いころのお志乃は家出を繰り返していたのだろうか。芯《しん》のある上品な人と思っていただけに、意外だった。

「升川屋さんは、今度はなにをやらかしたんですか」

「ええ、それが——」

お妙が燗《かん》のついたちろりを運んでくる。盃《さかずき》は三人分。女二人も飲む気のようだ。

「悪阻で苦しむお志乃さんに、『二人目なのに慣れねぇもんか』と言ってしまったようで」

「えっ、それだけですか」

「なに言ってんだい。これは腹が立つだろうさ」

自分でも子を二人産み育てているお勝が、すでに帰ったお志乃の肩を持つ。

「普段はなんてことない言い草でも、身重《みおも》のときは妙にこたえるのさ。ましてや悪阻の苦しみも知らない男にそんな心無いことを言われちゃ、アタシだったら三日は口を利《き》かないね」

「なるほど、肝に銘《めい》じます」

網の上で炙《あぶ》られている栄螺が、ぐつぐつと泡を吹きはじめた。そこに醤油をひと垂らし。磯《いそ》のにおいに香ばしさが加わって、急に腹が空いてくる。

せっかくの食べごろを、逃してはいけない。お志乃の話はひとまず置いて、栄螺に取りかかることにしたようだ。

「熱いから気をつけて」

お妙の注意に従って、殻の端のほうを持って小皿に置く。中の身は、あらかじめ刻んであるので食べやすい。楊枝《ようじ》に刺してかぶりつけば、濃厚な磯の香りが口の中で弾《はじ》ける。

「ううん、これはたまらん」

只次郎はすかさず盃を干《ほ》し、きゅっと目を瞑って唸《うな》る。お花にとって酒はまだ苦いばかりで、なにが旨いのか分からないが、お妙もお勝も盃に口をつけて満足げだ。

そういえばこの前熊吉も、一人前に酒を飲んでいたっけ。取り残されたような気がして、なんだか面白くない。

「おやお花ちゃん、ワタはまだ食べられないのかい?」

栄螺の身だけを食べて殻を置くと、只次郎がそれに気づいた。なにかと目端の利く男だが、食べ物に関しては特に目聡い。

「だって、苦いもの」

お妙の手前苦手なものが出てもできるかぎり食べるようにしているが、栄螺のワタはいけない。苦みで顔が歪《ゆが》んで、無理をしているのがばれてしまう。残しても只次郎が大喜びで食べるから、無駄にはならぬはずである。

「でもお花ちゃんが食べてる栄螺、雄《おす》じゃなかった?」

「えっ」

隣に座るお妙からの思わぬ指摘に、お花は目を丸くする。どう違うのだろうかと、小皿の上の栄螺をまじまじと見つめた。

「ほら、この渦《うず》を巻いているところが緑なら雌《めす》、白なら雄よ」

お妙が自分の栄螺の、ワタのところを指し示す。くるんと尻尾《しっぽ》のように巻いているそれは、緑色をしていた。

自分のはどうだっただろうかと、殻に戻したのを楊枝で取り出してみる。こちらの渦巻きは、白である。

「雌は少し苦いけど、雄はまろやかで食べやすいと思うわよ」

そんな違いに目を向けてみたことはなかった。そう言われると気になって、おそるおそる歯を立ててみる。たしかに想像していたような強い苦みはなく、魚の白子《しらこ》にも似たまろやかな旨みが舌の上に広がった。

「本当だ、美味《おい》しい」

これなら無理なく食べられる。焼く前に貝を捌いたお妙はきっと、これが雄だと知っていてお花に回したのだろう。

「へぇ、それは知らなかったな。あっ、私のは雌だ」

「アタシのは雄だね」

只次郎とお勝も、自分の栄螺をたしかめる。緑のワタは苦いというのに、なぜか只次郎は嬉しげだ。

「私はこの、癖《くせ》になる苦みが好きなんですよね」

そう言って、満面に笑みを浮かべて頬張った。ワタの苦みを、酒で洗い流すのが抜《ばっ》群《ぐん》に旨いのだという。

お花がその域に達するには、まだ何年もかかりそうだった。

「ああ、そうだ。お志乃さんの話でしたね」

さすがに酔いが回ったのか、只次郎が衿元《えりもと》を寛《くつろ》げる。話の流れは忘れていなかったようで、盃をすっかり干してから尋ねた。

「此度《こたび》も、升川屋さんが迎えに来たんですか？」

お妙の頰にも、ほんのりと酒気が回っている。弛んだ目元が、いつもより艶《なま》めかしい。

「いいえ、今日は千寿《せんじゅ》さんが」

「ああ、若様ですか」

いくら大店とはいえ、商家の子弟には相応《ふさわ》しくない呼びかたである。だがお志乃の息子の千寿には、そう呼びたくなってしまうような風格があった。

まず升川屋とお志乃の子だけあって、顔立ちが涼しげに整っている。わずか八つながら弁舌は爽やかで、分け隔《へだ》てのない態度が奉公人からも慕《した》われていた。

その千寿が女中頭のおつなを伴って迎えにきたのだから、お志乃も帰らぬわけにいかない。「身重な体で無茶をしてはいけません」と窘《たしな》められて、返す言葉もないようだった。

「父《とと》さんにも、命がけで子を産んでくれる母《かか》さんを労《いたわ》るよう言い含めておきました。悪かったと思っているようですから、あとはお二人で話し合ってください」

だろう。大岡越前守《おおおかえちぜんのかみ》も真っ青の、名裁きである。升川屋の商いは、おそらく次の世代も安泰
「千寿がいればこんな騒ぎにはならなかったんだろうが、ちょうど手習いに出ていて留守《るす》だったんだとさ」

お勝も酒を飲んでいるのに、少しも顔に出ていない。「まだ子供だが、ありゃあいい男だよ」と、珍しく人を褒《ほ》めている。

そのくらい、千寿には非の打ち所がない。帰りにお志乃を駕籠に乗せるときも、「ゆっくりでいいので、なるべく揺らさないように」と注文をつけていた。

六つも歳下の千寿が、身重の母を気遣っている。なんて偉いんだろうと、自分と引き比べて嫌になった。「もうすぐ、兄さんになるのね」と聞いてみれば、千寿は「はい、楽しみです」と、年相応の笑顔になった。

生まれ持った徳が、違いすぎる。それとも育ちの差なのだろうか。お花には人を僻《ひが》み世を恨む、お槇の血が流れている。

「さてと」

掛け声をかけて、お妙が立ち上がった。そろそろ火の始末をしなければ。それはお花には、まだ任されていない。

「只さんは、ご飯はもういいんですか」

「はい。食べたいのは山々ですが、もう入りません」

出先でご馳走《ちそう》になったのだろう。只次郎は着物の上から腹を撫でて見せる。

「それなら、火を落としてしまいますね」

お妙が七厘を持ち、調理場に向かう。お花も使った皿をまとめて後に続いた。

「この鹿尾菜煮《ひじきに》、もらってっていいかい？」

「ええ、お願い」

見世棚《みせだな》の上の余ったお菜は、お勝が持って帰ったり、お花たちの翌日の朝餉になったりする。許しを得て、お勝は鹿尾菜煮を小振りの鉢に移し替えた。

「これはどうする？」

と、次に別のどんぶり鉢を手に取る。中には塩茹でにした枸杞の葉が入っている。

「ああ、ちょっと摘み過ぎてしまったわね」

只次郎が枸杞飯を食べなかったから、思ったよりも余ったようだ。

「置いといてもしょうがないから、お浸《ひた》しにして食べてしまうわ」

ぎょっとした。どんぶり一杯の、枸杞の葉。昼間の、熊吉の声が蘇る。

「駄目っ！」

考えるより先に、体が動いていた。お花は見世棚を回り込み、お勝の手からどんぶり鉢を奪い取る。

「どうしたんだい、お花ちゃん」

お勝がどんぶりを持つ手つきのまま、ぽかんとしている。只次郎までが、なにごとかと土間に下りて下駄《げた》を突っかける。

「熊ちゃんが言ってた。こんなにたくさん枸杞を食べちゃ駄目って」

「枸杞?」

そうなんですかと問いたげに、只次郎がお妙を見遣《みや》る。お妙も困ったように首を傾げた。

「言っていたけど、それはお腹に子がいる場合よ」

「だったら、お妙さんも駄目でしょう」

「ええっ、そんな、本当に?」

驚いて悲鳴に近い声を上げたのは、只次郎だ。まさか、知らされていなかったのか。

「医者には診《み》せたんですか。ああ、どうしよう。腕のいい産婆さんを教えてもらわないと」

酒の酔いも手伝って、その辺りをうろうろと歩き回っている。床几にしたたかに膝をぶつけ、「いてっ」と呻《うめ》いた。

お妙が手にしていた火箸《ひばし》を、カチカチと鳴らす。そうやって皆の視線を集めてから、きっぱりと言い切った。

「落ち着いてください。子はいません」

五

すべてはお花の、思い違いだった。

当帰芍薬散はなにも、妊婦だけが飲む薬ではない。女の血の道全般に効く薬だ。それなのにお花は、妊婦の薬だと早とちりをしてしまった。だってお銀が、そう言っていたから。

「まったく、お銀さんったら。子なんかいないと分かっていて、お花ちゃんをからかったのね」

寝巻に着替えたお妙が、お花の隣の夜具に身を横たえる。その動きで微《かす》かな風が立ち、灯芯《とうしん》を短くした行灯《あんどん》がジジジと揺れた。

『ぜんや』の二階の内所である。お花の左にお妙、右には只次郎。それぞれに、寝支《ねじ》度《たく》を整えている。

「悪い人じゃないんだけど、お銀さんの言うことは話半分に聞いておきなさい。お花ちゃんだって、よくよく考えてみれば嘘《うそ》だと分かったはずよ」

言われてみれば、お妙は熊吉に都合してもらった薬をそっくりそのままお銀に渡したのだ。つまりお妙自身は、当帰芍薬散を飲んでいない。お銀の言葉にまんまと踊らされてしまった、己の浅慮《せんりょ》が嫌になる。

「ごめんなさい」

いたたまれずに、お花は夜着を鼻の上まで引き上げた。このひと月あまり、いもしない子の存在に悩み、昏《くら》い感情と戦っていたなんて。滑稽《こっけい》すぎて、まともにお妙の顔が見られない。

「いやいや、恥ずかしいのは私だよ。すっかり度を失ってしまいました」

只次郎が乾いた笑い声を洩らす。床几にぶつけた膝は、青痣《あおあざ》になっていた。

「すみません。私ももう、歳ですから」

「とんでもない。私は、お妙さんが傍《そば》にいてくれるだけで満足です」

そんな歯の浮くような台詞《せりふ》を、よくぞ臆面《おくめん》もなく言えるものだ。左隣のお妙が黙したままなにも返さないのは、照れているからなのだろう。

「それに、お花ちゃんもいますしね」

只次郎の甘酸っぱい言葉が、狙《ねら》う的を変えてきた。お花は夜着を、さらに目の上にまで引き上げる。

「お花ちゃん、ありがとう。けっきょく子はいなかったけど、さっきは弟か妹を守ろうとしてくれたんだよね」

夜着の中はお花の吐く息で少し湿っており、只次郎の声が優しく響く。

そうだ、あのときお花はとっさに腹の子の心配をした。お妙に枸杞を食べさせてはいけないと、体が動いた。弟や妹なんて生まれなきゃいいと思っていたはずなのに、どうしてだろう。

「お花ちゃんは、優しい子だから」と、お妙は言う。そんなことはないと、お花は知っている。

口に出していないだけで、よくないことをたくさん考えた。差し引けば、褒めてもらえるようなことはなにもない。けれども小さな命を守ろうとして、体が動いたことにお花は安堵《あんど》していた。

自分はいい子ではないけれど、特別悪い子でもないんじゃないか。少なくとも自分の幸せのために、他者の犠牲《ぎせい》は望まない。それが分かっただけでも、多少は胸が軽くなった。

寝巻の袖に手を入れて、左腕を撫でてみる。火傷の痕は他よりもつるりとして、触れば分かる。

乗り越えた傷が多いほど、か。

どれだけ頑張っても、千寿のような出来た子になれるとは思えない。でもお花はお花で、自分なりにもがくしかない。

「もういい？ 灯《あか》りを消すわよ」

お妙が夜具から身を乗り出して、行灯の火を吹き消す。菜種油《なたねあぶら》と灯芯の焦《こ》げたにおいが、夜着越しにくすぶった。

只次郎はすでに、寝息を立てている。もぞもぞと動いていたお妙が枕《まくら》に頭を乗せるのを待って、呼びかけた。

「ねぇ、お妙さん」

「なぁに？」

左手から、欠伸《あくび》を嚙《か》み殺すような声が返ってきた。お花の瞼《まぶた》も重く、上と下がくっついてくる。

「お昼に割っちゃったお皿、ごめんなさい」

「いいのよ。そんなに気にすることじゃないわ」

「お願いがあるの。あのお皿が直ったら、私にくれない？」

「ずいぶん古いお皿よ」

「うん、あれがいい」

治った傷も、残った傷も、すべてが旨みに変わるまで。

「べつにいいわよ」という答えを聞きながら、お花はゆっくりと眠りに落ちていった。

烏からす柄び杓しゃく

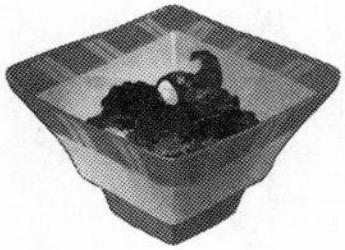

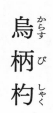

一

奉公人の朝は早い。夜も明けきらぬうちから起きだして、寝ぼけ眼《まなこ》で身支度《みじたく》を整える。

十代の健康な体はまだ寝たりないと訴えてくるが、無理矢理動いているうちに少しずつ目が覚《さ》めてくる。

「おはよう、長吉《ちょうきち》」

熊吉《くまきち》が井戸端で歯を磨いていると、小僧の長吉も房楊枝《ふさようじ》を手に隣に並んだ。目が覚めきっていないようで、塞《ふさ》がりそうになる瞼《まぶた》を薄く持ち上げながら「おはよう」と返してくる。

こりゃあ、まだ夢半《なか》ばだな。そう見て取って、熊吉は悪戯心《いたずらごころ》を起こした。

「安中散加茯苓《あんちゆうさんかぶくりよう》！」と、薬の名を鋭く叫ぶ。

「ええっと、桂皮《けいひ》、延胡索《えんごさく》、牡蛎《ぼれい》、茴香《ういきよう》、甘草《かんぞう》、縮砂《しゆくしや》、良姜《りようきよう》、それから――」

長吉は目をしぱしぱさせながら、薬に使われている生薬《きぐすり》を指折り挙げてゆく。頭が働かないせいか、最後の一つを前にして詰まってしまった。

「おいおい、しっかりしろ。加茯苓だぞ。あとの一つは茯苓《ぶくりょう》に決まってんじゃねぇか」

安中散加茯苓は、胃の薬である安中散に、体の余分な水気を除く茯苓を加えたものだ。「加茯苓」の名のとおりの処方である。

「ああ、そうか！」

長吉も己の愚《おろ》かさに呆《あき》れたようで、ぱっと目を見開いた。

やっと眠気が去ったようだ。それと同時に隣に立つ熊吉を見て、背筋を伸ばす。

「どうした、オイラにもやり返してくれよ」

「いいえ、熊吉さんはすべて覚えているでしょうから」

「そんなこたぁねぇよ。ど忘れしちまってるのがあるかもしれねぇ」

「まさか、アタシじゃあるまいし」

愛想笑いを顔に貼《は》りつけ、長吉は首を振る。今までと変わらず接してくれと頼んでも、手代《てだい》になった熊吉に遠慮《えんりょ》を見せる。

油断している隙《すき》を突いて薬の名を口にし、中身の生薬を当てさせる。二人の間ではお決まりの遊びだったのに、長吉はもう乗ってこない。他の小僧たちにも言い含めてあるのか、みな慕《した》ってはくれるが、一歩引いた態度で接する。年嵩《としかさ》の手代たちには嫌われているし、出世をしたはずなのに、なぜか取り残された気がしてならない。

「おはようございます。熊吉さん、腹の具合でも？」

隣室に寝起きする小僧も起きてきて、挨拶《あいさつ》を交《か》わす。指摘されて熊吉は、自分が左手で腹を撫《な》でていたことに気がついた。

「いいや、なんともねぇよ。腹が減ったなと思ってただけだ」

「熊吉さんはやっぱり、体が大きいから」と、また別の小僧がうふふと笑う。

皐月《さつき》もすでに終わりかけ。梅雨《つゆ》時の湿気にべたつく肌を、濡《ぬ》らした手拭《てぬぐ》いで拭ってゆく。そのうちにだんだん人が増えてきて、井戸端が賑《にぎ》やかになってくる。

俵屋《たわらや》には手代が九人、小僧が十一人、そのすべてが住み込みで、敷地内に建つ長屋に四人ずつ分かれて暮らしている。女中たちは母屋《おもや》に部屋をあてがわれ、所帯を持つ番頭のみが通いである。

これだけ人がいると、朝の洗面や厠《かわや》は混み合ってしょうがない。ゆえに熊吉は、なるべく早く起きるよう心がけていた。

特に今は、年嵩の手代の後に厠を使いたくはない。熊吉が次に待っていると分かると、あいつらはわざと厠を汚して出る。注意を促《うなが》したところで、口を揃《そろ》えて「汚したのはお前だ」と言い張るに違いない。騒ぎになるのは御免《ごめん》だと、けっきょく熊吉が掃除《そうじ》をする羽目《はめ》になる。

馬が合わないのなら、関《かか》わり合いにならないのが利口だ。幸い熊吉の同室は、長吉の他に小僧が二人。時をずらせば生活の場で他の手代に絡まれることはない。若旦那《わかだんな》や番頭の目がある仕事中は、さすがになにもしてこないから安心だ。

餓鬼《がき》のときみたいに小突き回されはしないけど、陰険だよなぁ。

思わず知らず、左手がまた腹を撫でている。

長屋のほうから手代たちの話し声が近づいてくるのに気づき、熊吉は手拭いを固く絞って首にかけた。そろそろ潮時だ、退散といこう。

「あ、おたえさん。大丈夫かい」

だが長吉のその呼びかけのせいで、出遅れた。紛らわしい名だと、いつも思う。この春から奉公に上がった女中のおたえが、盥《たらい》に洗濯物《せんたくもの》を山積みにしてよたりよたりと歩いてくる。

歳《とし》は十六かそこらで、小柄《こがら》なわりに胸乳が大きいともっぱら評判の娘である。着物の合わせもだらしなく、働いているうちに弛《ゆる》んでくるため、手代たちの注目の的になっていた。

しかもこれが、そそっかしい。危なっかしいなと思っていると、案の定「きゃっ！」と悲鳴が上がる。盥の底に引っかけていた指が滑《すべ》ったのだ。

「おっと」

とっさに手を伸ばし、傾いた盥を下から支える。昨夜の雨で足元がぬかるんでおり、もう少しで洗濯物が泥まみれになるところだった。

「気をつけな」

盥を引き取って井戸端に置いてやっても、おたえは下を向いてもじもじしている。美しく聡明《そうめい》な『ぜんや』のお妙《たえ》とは大違いだ。礼くらい言いやがれと苛立《いらだ》ちが募《つの》る。逃げ遅れたせいで、やってきた手代たちから冷やかしの声が上がった。

「閨《ねや》ごとは得意だもんなぁ」と、聞こえよがしに言ったのはどいつだろう。

振り返ると手代頭の留吉《とめきち》が、下卑《げび》た笑みを浮かべていた。元々でこっぱちで顎《あご》もしゃくれているのに、さらに顔つきが歪《ゆが》んでいる。

冗談《じょうだん》じゃない。どこの商家でも、奉公人同士が男と女の仲になるのをよしとはしない。万が一にも間違いが起こらぬよう、菱屋《ひしや》などは台所まで男だけで切り回しているくらいである。

これだからなるべく、若い女中に構いたくないんだ。

けれどもここで、動揺を見せてはいけない。やましいところがないのだから、堂々としていなければ。

幸い熊吉が背筋を伸ばせば、ここにいる誰《だれ》の頭も見下ろせる。どうせこいつらは、吠《ほ》え声がうるさいだけの犬っころだ。なにくわぬ顔で挨拶をしてやろうと思った、そのときだった。

「熊吉、おうい、熊吉」

母屋から、若旦那の呼ばう声がした。


「まさか、そんな——」

膝先《ひざさき》に置かれた薬簞笥《くすりだんす》の抽斗《ひきだし》を前にして、熊吉は言葉を失った。

生薬を分けて入れておくための、細長い抽斗だ。湿気を中に入れぬよう、材質は桐《きり》である。一本だけ抜き出された抽斗の、正面には『桃仁《とうにん》』と書かれた紙が貼ってある。

向かいに座る若旦那が、困ったように眉《まゆ》を寄せた。

「昨日お前に、杏仁《きょうにん》が入ったから片づけておいてくれと頼んだね。でもさっき杏仁の抽斗を見てみたら、空っぽだった。もしやと思って桃仁をたしかめてみたら、この有《あり》様《さま》だよ」

桃仁は桃の種、杏仁は杏《あんず》の種を乾かしたものである。抽斗の中には、その二つが混在していた。

両者の見分けはつきづらい。それでもよく見れば桃仁は楕円《だえん》で、杏仁はやや横に広がった形をしていると分かる。姿形《すがたかたち》は似ていても体に及ぼす作用は違うため、注意が必要な生薬だった。

だが勤《つと》めはじめの小僧じゃあるまいし、熊吉は今さらこんなものを間違えない。だいたい昨日杏仁を片づけた抽斗は、元は空だった。正面に貼られた『杏仁』の文字も、ちゃんと確かめた覚えがある。

「私じゃありません。杏仁と桃仁を、ごっちゃにするなんて」

「だろうね。私も、熊吉に見分けられないはずはないと思っているよ」

若旦那は、奉公人たちのことをよく見ている。疑われずに済んで、熊吉はひとまず胸を撫で下ろす。

「じゃあ、誰がやったのかという話になるのだが――」

そうだ、ならば下手人《げしゅにん》は別にいる。熊吉が片づけた杏仁を、わざわざ桃仁の抽斗に移した輩《やから》が。人の目を盗んでそんな真似《まね》ができるのは、俵屋の奉公人以外にいない。

「心当たりはいるかね」

そう聞かれても、熊吉以外の手代八人すべてが怪しい。特に仲間内を取りまとめる手代頭からの当たりがきつい。先ほど閨ごとがどうのと言ったのも、あの男の声らしかった。

答えられずにいると、若旦那が眉尻《まゆじり》を下げ、鼻からふうと息を吐いた。

「熊吉お前、手代になってから居心地が悪いんじゃないのかい。旦那様が見ぬふりをしているから私も黙っちゃいたが、困っていることがあるなら聞くよ」

べつに下手人を庇《かば》って名を挙げずにいるわけではないのだが、若旦那は慈愛《じあい》に満ちた目を向けてくる。熊吉が孤立していることは、とっくにばれていたらしい。

「この抽斗も、気づいたのが私だからまだいいが、番頭なら皆がいる前でお前を叱《しか》りつけたに違いない。危うく恥《はじ》をかかされるところだったんだよ」

「いいえ、それは違います」

熊吉は静かに首を振る。此度《こたび》の嫌がらせで、問題なのはそこじゃない。

「私が恥をかくくらいは、どうだっていいんです。でももし誰にも気づかれずに杏仁を桃仁として売っていたら？　それを考えると、ぞっとします」

以前得意先の薬屋に、山査子《さんざし》と牽牛子《けんごし》の包みを間違えて届けてしまったことがあったが、あれなら中身を見ればすぐに違うと分かる。見た目が似ている杏仁と桃仁の場合は、うっかり薬にしてしまって患者の手に渡るかもしれなかった。

「私が至らぬばかりに、申し訳のないことです」

畳に手をつき、頭を下げる。関わり合いにならないのが利口と思っていたのだが、本当は嫌がらせを受けるたび相手の首根っこを摑《つか》んで突き出してやればよかったのかもしれない。ついには店にまで迷惑が出はじめている。

「そこまで分かっているならいいが、これからどうするつもりだい？」

若旦那に問いかけられて、熊吉はまた腹を撫でる。近ごろたまに、胃の腑《ふ》が痛む。

「少し、考えさせてください」

そう言って、もう一度頭を下げた。

責を負《お》って杏仁と桃仁を選《え》り分けているうちに、朝餉《あさげ》の時間は終わってしまった。昼まで空《す》きっ腹で過ごすしかないと覚悟して、熊吉はいったん部屋に戻る。といっても六畳間に四人が詰め込まれているのだから、私物は小さな柳行李《やなぎごうり》一つきり。中から俵屋のお仕着せを取り出し、ぴしりと着替える。

小僧たちは、ひと足先に店の掃除に取りかかっているのだろう。自分も早く、得意先回りに出なければ。

と思っていると、背後から「熊吉さん」と呼びかけられた。

振り返れば、長吉である。「大丈夫でしたか？」と、気遣わしげに見上げてくる。

入り口の土間に立っているので、小柄な長吉はますます小さく見える。その顔に視線を落とし、ついでに手に持っている皿が目についた。

皿には握り飯が二つ、しかも大振りなのが並んでいる。それを見たとたん、熊吉の腹の虫が騒ぎだした。

「おたえさんからです」

「助かる！」

長吉が相好《そうごう》を崩し、握り飯の皿を畳《たたみ》に置く。熊吉はその前に、素早く腰を落ち着けた。

握り飯は水気が多く塩気が足《た》りなかったが、この際贅沢《ぜいたく》は言わない。今朝の盥の礼だろう。おたえの厚意をどんどん腹に収めてゆく。

「食い気はあるんですね」と、出し抜けに長吉が言った。

口の中が、ちょうど飯でいっぱいだ。目で問い返すと、長吉は軽く首を傾《かし》げた。

「近ごろよく、胃の腑のあたりを撫でているなと思っていたので」

気づかれていたか。奉公に上がってから八年、寝食を共にしてきた同輩の目はごまかせない。

「べつに、大したことはないさ。毎日の飯も旨《うま》い」

「それならいいんですけども。新しい薬のことで、忙しそうにしているから」

「気遣いはいらねぇよ。ありがとうな、長吉」

礼を述べると、長吉ははにかんだように笑った。

「じゃ、アタシはお店に戻ります」

「ああ、オイラもこれを食ったらすぐ出るよ」

このところ晴れ間がなく、今日も外はどんよりと曇《くも》っている。雨が落ちてくる前に、回れるところは回ってしまわねば。

昼八つ（午後二時）過ぎには旦那様の言いつけで、『ぜんや』に向かうことになっていた。

二

新川《しんかわ》沿いにずらりと並ぶ酒蔵は、今日も目に痛いほど白い。酒問屋の手代や仲買人が忙《せわ》しなく行き交いするのを横目に見つつ、目指すは升川屋《ますかわや》の勝手口である。

「ごめんくださいまし」と声をかけると、女中のおつなが戸を開けてくれた。

「ああ、熊吉はん。ちょっとこのまま、離れへ回ってもらえます？」

上方訛《かみがたなま》りの抜けぬ言葉で、庭へと促される。薬酒に使う生薬を持ってきたときはいつも手代が応対するが、本日の荷物はお志乃《しの》の薬だ。もしや前に渡したのが足りなくて、待ち構えていたのだろうか。

勝手知ったる家である。中央に池を配した庭を横切り、お志乃が寝起きする離れへと向かう。梅雨時ゆえ緑が力強く噴き出しており、濡れた下草が足元をじわりと湿らせた。

「ごめんくださいまし」

離れの縁側は障子《しょうじ》が閉《た》てきられていた。沓脱《くつぬ》ぎの前に立ち、もう一度訪《おとな》いを告《つ》げる。

それに応《こた》えて二間続きの部屋の、片方の障子がすらりと開いた。

「よぉ、熊吉」

出てきたのは升川屋の主《あるじ》である。気さくに笑いかけてきて、後ろ手に障子を閉めた。

「悪ぃな。お志乃の具合が、どうもよくなくってよ」

そう言って、まだ少し濡れている縁側に腰を下ろす。細かいことにはあまり頓着《とんちゃく》しない性質《たち》である。

「悪阻《つわり》、治まりませんか」

「そうだなぁ。一人目のときもずいぶん長引いたもんだ」

千寿《せんじゅ》のときに比べ、特に悪いというわけではなさそうだ。ならばそういう体質なのだろう。

「吐き気が続くと聞いたので、小半夏加茯苓湯《しょうはんげかぶくりょうとう》を持ってきました。体を温め、余分な水気を取ってくれる薬です」

成分は半夏《はんげ》、茯苓、生姜《しょうきょう》である。どうしても水毒に傾いてしまう妊娠中の体を、よく整えてくれるはずだ。

風呂敷《ふろしき》から取り出した薬袋を差し出すと、升川屋は「ありがとよ」と受け取った。

「そういや、ついに龍気養生丹《りゅうきようじょうたん》を売ってもいいって許しが出たって？」

「はい。といってもまだお妙さんから聞き取りをして、試し作りをしているところで——」

「おっと、ここからは無駄話だ。肩肘《かたひじ》張った喋《しゃべ》りかたはやめてくんねぇ」

薬袋を懐《ふところ》に入れ、升川屋がにやりと笑う。大店《おおだな》の主のくせに、遠慮を嫌う男である。それをよく知っているから熊吉も、あっさりと俵屋の手代の顔を脱ぎ捨てた。

「お妙さんは渋《しぶ》ってたんだが、兄ちゃんが説得してくれたらしいぜ。一橋《ひとつばし》様にも売りつけてやるって息巻いてた」

「ああ、あの人なら本当にやるだろうな」

お妙の亡き父が作っていたという、龍気養生丹。子供のころの熊吉はなにも知らずにいたのだが、周りの大人たちの話を洩《も》れ聞くうちに、どうやらその父の敵《かたき》が一橋様だったらしいと分かってきた。

まさに雲の上のお人である。一介《いっかい》の町人など、ひと睨《にら》みされただけでお陀仏《だぶつ》だ。しかし只次郎《ただじろう》はそんな大物とも持ち前の弁舌で渡り合い、手玉に取ろうとしているらしい。

「そしてまたお妙さんも、けっきょくは兄ちゃんのために薬を売るのを許したみたいだ」

まったくあの二人はいつまでも甘々で嫌んなるぜと、熊吉は肩をすくめた。

龍気養生丹が無事に流通したのちは、売り上げのうち一割がお妙に入ることになっている。かつてはよく売れた薬だったというから、その額は馬鹿にならないだろう。お妙は只次郎の不安を紛《まぎ》らわすためにも、この話に乗ったのだ。

升川屋が、訳知り顔に頷《うなず》く。

「それもそうか。商《あきな》い指南のほうはまだいいが、鶯《うぐいす》指南がなぁ」

「オイラのヒビキも兄ちゃんのところのハリオも、もう八つだからな」

飼い鶯の寿命は、だいたい八年。もうそろそろ、お迎えがきてもおかしくはない。げんに久世《くぜ》丹後守《たんごのかみ》の用人《ようにん》柏木《かしわぎ》様にもらわれていった兄弟のタマオは、冬を越えられずに死んでしまった。十年も生きたルリオは、そうとうの長生きだったのである。

「跡継《あとつ》ぎは生まれねぇか」

「ルリオのときみたいに雌《めす》と同じ籠《かご》に入れてみても、なんにも起こらねぇらしい」

むしろそれが普通なのだ。飼い鶯は子をなさない。連れ合いに卵を五個も生ませたルリオがおかしいだけである。

「買ってきた雛《ひな》にも鳴きつけをしちゃいるけど、うまくいってないんだろうな」

「そうかぁ、ついにルリオ調が終わっちまうか」

江戸中の鶯飼いが憧《あこが》れるというルリオ調。その声を求めて鳴きつけの依頼は後を絶《た》たず、お蔭《かげ》で只次郎の懐はかなり潤《うるお》っているはずだ。それが入ってこなくなると『春《しゅん》告堂《こくどう》』の売り上げは半分ほどになるやもしれず、只次郎は夜な夜なお妙相手に弱音を零《こぼ》していたらしい。

「なるほどねぇ、苦しいときは助け合いってか。相変わらず仲がいいねぇ」

「ま、うちとしては薬が売れりゃいいんだけどさ」

長吉が言っていた、新しい薬というのがまさに龍気養生丹のことである。俵屋では今、旦那様がその試作に血眼《ちまなこ》になっている。

「そういや旦那様が、薬を試しに飲んでくれる人を探してるんだ。升川屋さんはどうだい？」

「おいおい、精力剤だろ。今の俺《おれ》にはちょっと酷《こく》だぜ」

升川屋が苦笑いをしてみせる。妻のお志乃が悪阻の真っ最中なのだから、それもそうだ。しかしまんざらでもなさそうなのは、この隙に遊里《ゆうり》にでも足を延ばそうと考えているのだろうか。

すると升川屋の背後の障子が、薄く開いた。その間から、真っ青な顔を覗《のぞ》かせているのはお志乃である。恨みがましい目で、じとりと良人《おっと》を睨みつけた。

「あきまへんえ」

怨霊《おんりょう》のようなおどろおどろしい声音に、升川屋も思わず飛び上がる。

「なんだお志乃、起きたのか。今、薬を煎《せん》じてやるからな」

「むやみなことをしやはったら、うちまた『ぜんや』に駆け込みますえ」

「しねぇよ。しねぇからやめてくれ。お勝《かつ》さんとお妙さんの白い目が怖《こえ》ぇんだよ」

こちらの夫婦仲も、相変わらずだ。升川屋が、もうこのへんで帰ってくれと言いたげな目配せを寄越《よこ》してくる。

熊吉は素早く俵屋の手代の皮を被《かぶ》り直し、深々と頭を下げた。

「それじゃお志乃さん、お大事になさってください。三人目のときはどうぞ、龍気養生丹をご贔屓《ひいき》に」


ぽつりぽつりと、雨が月代《さかやき》の上で弾《はじ》ける。

頭上が雲に覆《おお》われているのは相変わらずでも、日差しは透《す》けて見えている。本降りにはならないようだが、升川屋を後にした熊吉は足を速めた。

ここから神田花房町代地《かんだはなぶさちょうだいち》の『ぜんや』までは、半刻《とき》(一時間)もかからない。さっき昼八つの鐘《かね》が鳴っていたから、だいたい旦那様と約した刻限には着くはずだ。

我ながら、一歩の幅が大きくなったものだと思う。熊吉の亡き父の名は、熊五郎《くまごろう》。その名のとおり、やはり体の大きな男だった。旦那様は熊吉の成長を喜び、「そのうち目方も増えて、それこそ熊のようになりますよ」と笑う。それはちょっと、嫌である。

無心に歩いていると日本橋《にほんばし》の町並みがどんどん後ろに流れてゆき、気づけば神田川《かんだがわ》を渡っている。熊吉はさらに歩を進め、『ぜんや』に至った。

雨はまだ、ぽつぽつと降っている。『ぜんや』と『春告堂』の間には、裏店《うらだな》の路地へと続く木戸がある。その足元に、お花《はな》が一人うずくまっていた。

「おい、どうした」

腹でも痛いのかと心配になり、声をかける。ぼんやりと顔を上げたお花の頬《ほお》に、雨の粒がぽたりと落ちた。それが涙のように見えて、少しばかりどきりとする。

小作りの地味な顔立ちだが、化粧《けしょう》をするようになれば映《は》えるだろう。だが歳より幼《おさな》く見えるお花にはまだ似合わない。「これ」と地面を指差す仕草は、まさしく子供のようだった。

「角《つの》が生えてて、変なの」

お花が指差す先には、鎌首《かまくび》をもたげた蛇《へび》に似た草が生えている。その先端から、細長い角が上に向かって飛び出ているのだ。

「烏柄杓《からすびしゃく》だな」と、熊吉もお花の隣に並んで座る。

「ほら、この鎌首みたいに膨《ふく》らんでるところが、小さな柄杓みたいに見えるだろ」

「そうかな。角のほうが、気になる」

近ごろすっかり生意気になってしまったが、はじめて見るものに気を取られて時を忘れてしまうところは変わらない。昔のように頭を撫でてやりたくなったが、相手は島田髷《しまだまげ》を結《ゆ》うようになっている。差し出した手の遣《や》り場に困り、熊吉はお花の肉づきの薄い頬をつまんだ。

「うちの旦那様は？」

「きへる」

頬をつままれたままだから、返答は不明瞭《ふめいりよう》だ。

「よし、じゃあ中に入るぞ。雨降ってんだから」

このまま放《ほう》っておくと、お花はいつまでもここに座っている気がする。帰らぬ母を待っていたときも、こんなふうに一人で膝を抱えていたのだろうか。そう思うと、遣りきれなくなる。

熊吉はお花の腕を摑み、力任せに引き起こした。

三

お花を伴って店に入ると、小上がりには旦那様ともう一人、味噌《みそ》問屋の三河屋《みかわや》が座っていた。こちらもおそらく、龍気養生丹の話を小耳に挟んで来たのだろう。

「久し振りだね、熊吉」と笑う赤ら顔が、いっそう照り輝いている。

熊吉は俵屋の手代として失礼のないよう三河屋に一礼してから、旦那様に向き直った。

「すみません、お待たせをいたしました」

「いいや、私もさっき来たところだよ。それでお前さん、昼飯は？」

「まだです」

「なら用意してもらいなさい。ああ、酒はいけませんよ。仕事中ですからね」

そう言いつつも旦那様は、お勝に酌《しゃく》をしてもらっている。そりゃないぜと内心顔をしかめつつ、熊吉は奉公人の分をわきまえて「はい」とかしこまる。仕事ならば旦那衆と同席するわけにはいかず、床几《しょうぎ》に一人腰掛けた。

「いらっしゃい、熊ちゃん」

お妙が折敷《おしき》を運びながら、まろやかな微笑《ほほえ》みを寄越す。やっぱりこっちのお妙さんはいいなぁと、鼻の下が長くなる。

「お酒を飲まないなら、ご飯はもう炊《た》いてしまいましょうか」

「うん、お願い」

「分かったわ。お花ちゃん」

「はぁい」

米を炊くくらいは、任されるようになったらしい。お花が手を洗い、調理場に立って水を吸わせていた米を一人分の土鍋《どなべ》に移す。眼差《まなざ》しが真剣そのものなのが面白い。ちょうど昼の客が帰ったところらしく、店にいるのはこれだけだ。只次郎もまだ、出先から戻っていないという。あのにやけた面《つら》を拝《おが》まずに済むのはありがたい。

「明日は半夏生《はんげしょう》なので、蛸《たこ》を黒和《くろあ》えにしてみました。上方では、半夏生に蛸を食べる習わしがあるんです」

小上がりに折敷を置いて、お妙が料理の説明をしている。そういえばそうかと、熊吉は先ほどの烏柄杓を思い浮かべた。

「ほら、給仕はアタシがやるから、アンタは俵屋さんと薬の話でもしていなよ」

働き者のお妙は、すぐさま次の料理のために調理場に取って返そうとする。それをお勝が引き留めた。

「ええ、そうしていただけると助かります」

旦那様も、飯だけ食べに来たわけではない。懐をまさぐって、紙の包みを取り出した。膝の上でそれを開くと、出てきたのは黒々とした数粒の丸薬である。

「先日お妙さんから聞きだした生薬をすべて入れて、配分を塩梅《あんばい》しながら作ってみたんですが」

　龍気養生丹が蘇《よみがえ》るかどうかは、お妙の記憶にかかっている。見よう見まねで作ったことがあるといっても、十にも満たない子供のころの話だという。曖昧《あいまい》なところは薬問屋の知恵で補《おぎな》って、どうにかこうにか試作品ができたところだった。

「まぁ、色合いや大きさはそっくり」

「と言っても、丸薬なんてみんなこんなもんだろう」

　お妙が惹《ひ》かれたように身を乗り出し、三河屋も盃《さかずき》を手に覗き込む。丸薬は生薬の粉を合わせて蜂蜜《はちみつ》で練って丸めたもので、見た目はだいたい艶《つや》やかで黒い。

「でもこれはまだ、試しに作っただけなんだろう。なにを以《もっ》て、出来上がりとするんです？」

「なるべく多くの人に飲んでもらって、効《き》き目をたしかめて、生薬の塩梅を加減してゆくんです。元の龍気養生丹を飲んだことがある人がいたら、なおのことといいですね」

「それなら私にも分けておくれ。もうずいぶん前になりますが、飲みましたよ龍気養生丹」

　三河屋が、頼もしげに己の胸を叩《たた》く。薬が売り出されるより早く、手に入れたかったに違いない。

だが旦那様は、渋るように首を傾けた。

「そうですねぇ。三河屋さんは、お飲みにならないほうが」

「どうしてです。菱屋のご隠居もほしがっていましたが、あの爺《じい》さんよりは私のほうが若くて試し甲斐《がい》があるでしょう」

「さぁ熊吉、どう思う?」

肝心《かんじん》なところで話を振られた。試されているのを感じ、熊吉は居住まいを正す。

「龍気養生丹には腎《じん》を補う生薬が多く含まれておりますから、老いによる体力の衰《おとろ》えにも効き目があります。一方赤ら顔で体力が充実している方は、血の巡りがよくなりすぎるため避《さ》けたほうがよろしいかと」

「だ、そうです」

語尾を引き取り、旦那様がにっこりと笑う。熊吉の答えは、どうやら正解だったようだ。三河屋から無念の眼差しを送られつつも、ほっと胸を撫で下ろす。

「ところでご隠居って、いくつなんだい?」

次の料理を運んできたお勝が、しれっと会話に加わる。そういえば今もあっちへこっちへと動き回っているあの御仁は、いくつなのだろう。

「さてね。還暦《かんれき》をいくつか越しちゃいるんだろうが」

三河屋がうむと胸の前で腕を組む。

「それどころか、七十の声を聞いたんじゃないのかい」

「いやいや、お勝さん。あんな健脚で健啖《けんたん》な七十がいてたまるかってんだ」

「いってるんじゃないですか。私がちょうど還暦ですから」

「おや、俵屋さんももうそんな？　私は五十二になりましたよ」

いやはや早いものですなと、三河屋と旦那様が肩を叩き合う。

齢《よわい》十八の熊吉から見ても旦那衆は皆、歳を感じさせぬほど活力に満ちている。ただ菱屋のご隠居が、図抜けて元気なのである。

そこでふと、胸にある疑問が浮かんできた。深く考えもせずに、熊吉はそれを口にする。

「あれ、じゃあお勝さんはいくつなんだい？」

旦那様と三河屋が、揃ってこちらを凝視《ぎょうし》する。二人とも気になっていたが、あえて避けていた話題なのだと瞬時に分かった。

しまった、こういうのはいつも兄ちゃんの役目なのに。

只次郎が留守《るす》なものだから、うっかり虎《とら》の尾を踏《ふ》んでしまった。

胃の腑がまたしくりと痛む。お勝はぎろりと熊吉を睨みつけてから、肩をすくめた。

「アタシかい。見りゃ分かるだろ、二十歳《はたち》だよ」

これは、笑っていいところなのだろうか。助けを求めてお妙を見ると、なんとも無邪気に笑っている。

倣《なら》って熊吉も笑おうとしたが、頬が無様に引きつっただけだった。

四

そうこうするうちに、飯が炊ける甘く香ばしいにおいが漂ってきた。

お花が熊吉の分のお菜を折敷に載せて、思い詰めたような顔で運んでくる。うっかり躓《つまず》いたりしないよう気を張っているのだろうが、居酒屋の給仕にしては愛想のかけらもない。

「お待たせいたしました。蛸の黒和えと、若鮎《わかあゆ》の山椒煮《さんしょうに》、新生姜《しんしょうが》の佃煮《つくだに》と、ええと――」

料理の説明も、要領を得ない。肩に力が入りすぎているのだ。

ひと皿を手で示したまま、次の言葉が出てこないらしい。小上がりの前に佇《たたず》むお妙は、口を出さずに見守っている。

「あ、野蒜《のびる》！　野蒜と海老《えび》のかき揚《あ》げです。あと、山芋《やまいも》のとろろ汁」

無事に言えて、お花はほっと息をついた。

「ご立派」とお勝が手を叩く。お花は少しはにかんで、調理場へと身を翻《ひるがえ》した。

「ご飯も、すぐお持ちします」

健気《けなげ》な子だ。これで笑顔の一つもあれば、客の評判もよくなるだろうに。表情に乏《とぼ》しいせいで、気味が悪いなどと言われてしまう。

頰っぺたの肉を、もっと伸ばしてやらなきゃいけねぇな。

そんなことを考えながら、熊吉は箸《はし》を手に取る。

蛸の黒和えというのは、擂《す》った黒胡麻《くろごま》を衣《ころも》にしてあるらしい。ひと切れ口に入れ嚙《か》んでみると、蛸の旨みと胡麻の香ばしさ、そしてまろやかな甘みが一体となって広がった。どうやら白味噌も練り込まれているようだ。

「旨ぇ」と、声が震えるほど旨い。これで酒が飲めないなんて、ほとんど拷問《ごうもん》ではないか。

若鮎は頭から食べられるほど柔らかく煮られ、甘辛い中に山椒の爽《さわ》やかな風味を感じる。子供のころはこれに飯があれば充分だったのに、大人の舌とはなんとも不便なものである。

「しかしこの龍気養生丹、一つ困ったことがありましてね」

熊吉が身悶《みもだ》えているうちに、小上がりでは仕事の話が進んでいた。これではいけないと酒への欲望を押し殺し、頰を引き締める。

「お妙さんから聞いた生薬をすべて入れると、かなりの高値になってしまうんですよ」

それについては、熊吉も危ぶんでいた。お妙の言ったとおりに作ったこの薬には、蜂蜜も含めると二十種もの生薬が含まれている。このまま売り出してしまうと、庶民にはとうてい手が出せない。

「あら、やっぱり」

そうではないかと、お妙も思っていたらしい。口元に手を当て、困ったように眉根を寄せた。

「昔買った龍気養生丹は、たしか八粒で四百文だったと思うが」

古い話を思い出し、三河屋が首を捻《ひね》る。そのくらいの値なら、決して安くはないがお大尽《だいじん》でなくとも買えるだろう。

「ええ、私もそう記憶しています。ですがこのまま売り出すと、その倍の値は下らないでしょう」

旦那様の目算も、かなり低く見積もっている。熊吉が勝手に弾いた算盤《そろばん》では、八粒で一分ほどになってしまう。

「じゃあなんですか。秀《ひで》さんは売れば売るほど損になる薬を作ってたってことですか」

佐野《さの》秀晴《ひではる》、それがお妙の亡き父の名だ。三河屋の問いかけを、旦那様が否定した。

「いいえ、秀さんは薬の商いでかなり潤っていたはずです。我々の知るあの人は、医者でありながら生粋《きっすい》の商人だったでしょう」

聞くところによると佐野秀晴は商いを重んじ、米を中心とする今の政《まつりごと》を、金で動かそうとしていた人だ。大損すると分かっている薬など、売り出すはずがない。

「でも私は、薬を作る父を傍《そば》で見ていたんです。生薬は、たしかに二十種入れていました」

まだ子供だったのに、傍で見ていただけで生薬の名前を覚えてしまうお妙もたいしたものだ。その聡明さをよく知っているから、見間違いとも思えない。

「なるほど。ねぇ熊吉、お前ならこのからくりをどう解《と》く?」

旦那様が、またもやこちらに水を向ける。この場に熊吉などいなくてもよかろうに同席を求めてくるのは、こんなふうに見識の深さを測るためだ。

いつもの柔らかな眼差しの奥に、冷静な光がほの見える。俵屋の手代としてなにを学び、なにを成せるのか。慎重に見極めようとしている。

熊吉はごくりと唾《つば》を飲む。喉を通り過ぎてゆく感じが、なんだか石のように固い。この主を敬愛する気持ちは、子供のころから少しも変わらずにある。でも近ごろは、恐ろしいと感じることも多かった。


さて佐野秀晴は、なぜ高価なはずの薬を四百文で売っていたのか。

たとえば兄ちゃんなら、どうするかな。

生まれながらの商人ではないが、商いの勘の鋭い男を頭に思い浮かべてみる。一橋様にも薬を売りつけてやると息巻いている只次郎なら、おそらくこうする。

「龍気養生丹の配合は、二つあるのかもしれません。一つはお妙さんから聞いた、二十種の生薬が入っているもの。もう一つは生薬の数をいくつか減らした、廉価《れんか》版です」

そして前者を大名や大身《たいしん》旗本に売りつけ、後者は市中に流通させる。金のあるところからはたっぷりと取り、庶民からは薄く広く儲《もう》けるのだ。商いというものを、よく心得たやりかたである。

うである。

「そうだろうね。私もそれに倣おうと思う」

旦那様が頷き、熊吉は肩の力を抜く。求められた答えに、なんとかたどり着けたよ
「だいたいこの薬は、いささか詰め込みすぎですよ」

そう言って、旦那様は膝の上に広げた丸薬をひと粒手に取った。黒々としたそれを、目の高さに持ち上げる。

「海狗腎《かいくじん》に鹿腎《ろくじん》に驢腎《ろじん》と、節操なく入っていますからね」

「なぁに、それは」

間の悪いことに、炊きたての飯を土鍋ごと運んできたお花が聞きとがめる。耳慣れぬ言葉に興味を持ってしまったようだ。こういうときは、まともに答えてやらないと臍《へそ》を曲げてしまう。

「膃肭臍《おっとせい》と鹿《しか》と驢馬《ろば》の、陰茎《いんけい》および睾丸《こうがん》だ」

下品な言い回しを避けていささか難しい言葉を使ってしまったが、お花には通じたようだ。「うっ」と呻《うめ》いて、心底軽蔑《けいべつ》したように顔をしかめる。その目は三河屋に向けられている。

「どうして、そんなものを飲みたがるの」

「違うんだよ、お花ちゃん。れっきとした薬だからね。そう、力が滾《たぎ》るんだよ。いや、分からないと思うけど」

三河屋の狼狽《ろうばい》ぶりに、お勝が腹を抱えて笑っている。どれも貴重《きちょう》な生薬だが、実は熊吉もよくこんなものを飲むもんだと思っている。人の欲望というのは、底が知れない。

「たしかに盛りだくさんですものね。たとえば海狗腎を外せば、少しは安くなりますか」

その点お妙は、さすが医者の娘。物心ついたころには身の回りに薬があったせいか、ためらいもなく生薬の名を口にする。

「そうですね。廉価版は、なにを省《はぶ》いてなにを残すのか。それも決めていかなきゃなりません」

龍気養生丹の復活に一歩近づいたのか、それとも遠ざかってしまったのか。新たな難問が降りかかってきたが、旦那様は落ちついたものだ。

先ほど名前が挙がった三つの生薬の中では、お妙の言うとおり海狗腎が最も高い。蝦夷《えぞ》で獲《と》れると聞いてはいるが、膃肭臍など元の姿形を見たこともないのだから、さもありなんだ。でもそれを省いただけではまだ、八粒四百文まで下げられない。

「人参《にんじん》はどうでしょう」と、熊吉も案を出してみる。

旦那様は、曖昧に笑っただけだった。

「省けば安くなるだろうが、効き目はどうなることやら。ま、今すぐ答えを出すことはありませんから、差し引きを考えながらいくつか作ってみましょう」

ひとまずは、そういうことに決まった。

まだ当分は生薬の配合に悩む日々が続きそうだが、旦那様はうきうきと薬を包み直している。本当は商いそのものよりも、部屋にこもって薬を作っているほうが好きなのだ。

しばらくは主人の研究に振り回されるのだろうと、熊吉は覚悟した。

仕事の話はこれで終わったらしいと見て、お花がおずおずと尋《たず》ねてくる。

「人参も、入ってるの？」

考えていることは、なんとなく分かる。自分たちが普段食べている人参が、そんなに高値だったのかと驚いているのだ。

その様子に、お妙がふふっと頬を緩《ゆる》めた。

「人参といっても、高麗《こうらい》人参よ。唐《もろこし》から入ってくる別もので、とても滋養《じよう》があるの」

「そうなんだ、よかった」

家計に負担をかけていたわけではないと知り、お花が安堵《あんど》の息をつく。熊吉の胸に、悪戯心が湧いてきた。

「だけどほら、この折敷の上にも、生薬に使われるものはたくさんあるんだぞ。たとえば山椒、生姜、山芋、野蒜もそうだな」

そう言って、膝先に並ぶ皿を一つずつ指差してゆく。

それにしても、野蒜と海老のかき揚げが旨い。野蒜の葉と、ころりと丸い根を揚げてあり、葱《ねぎ》にも似た風味が海老の甘さを引き立てる。さくりと歯を立て、飯と共に掻《か》き込んだ。

「そんなにたくさん。た、蛸は？」

「蛸は生薬にならねぇな」

「でも蛸も、とても滋養があるのよ。体を整えて疲れをよく取ってくれるから、夏の盛りに備えて食べられているくらいで――」

お妙がここぞとばかりに医食同源の理《ことわり》を教えようとしているが、お花はほとんど聞いていない。不安げに、手と手を握り合わせている。熊吉はさらに調子づいた。

「ああそうだ、お前がさっき見てた烏柄杓。あれは別名半夏と言って、根っこの丸いのが生薬だ。ちょうどこの、野蒜に似てるな」

明日は七十二候の半夏生。夏至《げし》から数えて十一日目で、半夏の生《は》えるころという意味だ。この日までに、田植えを終えるのが目安とされる。

「でもこのへんのものは、べつに高くは――」

軽い冗談のつもりだった。だがお花は熊吉の言葉をみなまで聞かず、身を翻す。

「ちょっと待ってて」と短く叫び、表の戸を開け放したまま外へと飛び出して行った。

しまった。あいつには冗談ってものが通じないんだ。

後悔《こうかい》しても、後の祭り。大人たちから非難がましい目を向けられて、熊吉は居心地の悪さを味わった。

五

飛び出していったお花を、追いかけるべきかどうか。

しょうがねぇなと、熊吉は立ち上がる。手を引いて歩いた昔の記憶があるせいか、お花のことは放っておけない。

だが熊吉が立つと同時に、遠ざかったはずの下駄《げた》の音が近づいてきた。開けっぱなしの戸から、お花が凄《すさ》まじい勢いで駆け込んでくる。

「あの、これ！」

その手に握られているのは、烏柄杓だ。根ごと綺麗《きれい》に抜き取られ、四、五本が束《たば》になっている。

お花はそれを、旦那様の鼻先に突き出した。

「か、買い取ってください」

なんでそうなるんだか。熊吉は呆れてこめかみを揉《も》む。

つまりは養い親《やしな》に知らずにかけていた負担を、少しでも減らしたいと考えたのだろう。すぐさま金になりそうなものが、烏柄杓だったというわけだ。

「んもう、熊ちゃんが変なことを言うから」と、お妙に睨まれた。

「大丈夫だよ、お花ちゃん。生姜や山芋がそんなに高値だったら、居酒屋なんて商いはやっていけないだろ」

三河屋が、お花の思い違いを豪快に笑い飛ばす。それでもまだ、お花は半信半疑だ。

「本当に？」

「ええ、そうよ。今度一緒に、青物市に行きましょう」

深窓の姫君じゃあるまいし、物の値はしっかり教え込んでおいてほしい。お花ときたら、いつだって危なっかしいのだから。

やれやれと、熊吉は首の後ろを掻く。

「悪かったよ、冗談が過ぎた。だけど、持ち込みの生薬はうちじゃ買い取れねぇぞ」

半夏は升川屋に渡した悪阻の薬にも含まれている、吐き気を止める生薬だ。畑に生えるありふれた雑草で、農家の女たちが薬屋に売って小遣い稼《かせ》ぎをするとも聞く。だが俵屋では良品のみを扱うため、決まった仕入れ先としかつき合わない。

「そうなんだよ、お花ちゃん。せっかく採《と》ってきてくれたのに、すまないね」

べつに詫《わ》びる必要はないのに、旦那様がすまなそうに目を細める。お花は困ったように首を傾げ、まだ土がついている烏柄杓をまじまじと見た。

「お妙さん、これ食べられる？」

「どうかしら。食べたことはないけれど――」

「やめとけ。そのまま食べると舌が腫《は》れるらしいぞ」

野蒜と見た目が似ていても、烏柄杓の塊茎《かいけい》には毒がある。そう教えてやると、お花は「ひっ」と飛び上がり、薄桃色の舌を出した。

「そりゃあちょうどいい。これを食べたら、くだらない冗談が言えなくなりますね」

愉快《ゆかい》げに笑いながら、そう言ったのは旦那様だ。

笑えない冗談に、熊吉もまた「ひっ」と喉に絡んだ悲鳴を洩らした。

外に出ると夕暮れにはまだ早く、空は白い雲に隙間なく覆われている。ようやく小《こ》雨《さめ》は止《や》んだようで、南から吹く生温《なまぬる》い風が首元を通り過ぎてゆく。

来たときと同じように、裏店の木戸の足元にはお花の姿。背中を丸めてしゃがみ込み、指先で土を掘っている。

「なにしてんだ？」と聞けば、顔も上げずに「植え直すの」と答えた。

地面には俵屋に売れもせず、食べられもしなかった烏柄杓が横たわっている。

「律儀《りちぎ》なことだな」

珍《めずら》しくもない雑草なのだから、そのまま捨ててしまってもいいのに。融通《ゆうずう》のきかなさが、いかにもお花らしい。

短く切りそろえられた爪《つめ》の中に、土が詰まっている。お花ときたら、要領まで悪い。

「どきな」

傍《かたわ》らに先の尖《とが》った石が落ちているのを見つけ、熊吉が代わりに土を掘る。ほどよい深さになると、「ほらよ」とお花に場所を譲《ゆず》った。

「ありがとう」

五本の烏柄杓が、元通りに植え直される。こんな扱いを受けても、性根たくましい雑草だ。枯《か》れることなく株を増やしてゆくだろう。

「また、失敗しちゃった」

手についた汚れを叩《はた》き落としていると、そんな呟《つぶや》きが聞こえてきた。お花は両の膝を胸に抱え、小さく丸まっている。

残念なことに、やる気が空回《からまわ》りをしてしまう子だ。人の役に立ちたいという、思いばかりが先走る。養い子だからこそ、その思いは切実だ。

大きな体を無理に丸め、熊吉はお花の顔を覗き込む。

「なぁ、お前。お妙さんたちの役に立たなきゃ、ここにいちゃいけねぇと思ってんだろ」

返答を聞かなくても、驚いたように見開かれた目を見れば分かる。図星を言い当てられたのだ。

「だって、こんなによくしてもらってるのに。役立たずじゃ、申し訳ない」

そんなふうに教え込んだのは、実の親か。子供というのは、そんな物差しで計るものではないのに。

お花の頰は、熟していない桃のように固そうだ。熊吉はそれを、今度は両側から引っ張った。

「ばぁか。たとえお前がどうしようもない役立たずだったとしても、お妙さんも兄ちゃんも、見捨てやしねぇよ」

そうは言っても、実の親には見捨てられたのだ。何度言い聞かせてやっても、腑に落ちることはないのだろう。お花はきょとんと目を瞬《しばたた》いている。

「ろうひて?」と、頬を引っ張られたまま問うてきた。

「そりゃあ、お前のことが大事だからだろ」

手を放してやるとお花は神妙な顔で頬を撫で、「大事」と小さく呟いた。

「熊ちゃんも、俵屋さんに大事にされてるよね」

「ん?　ああ、そうだな」

それについては、疑いようもない。一介の奉公人にしては、ずいぶんよくしてもらっている。

「なら、ずっと俵屋さんにいられるのね」

なにも分かってねぇなぁ、こいつは。

思わずため息が洩れてしまう。

熊吉も、ふた親を亡くして俵屋に引き取られた。でもお花とは、立場がまるで違うのだ。

もっと、己の幸せを見つめやがれ。熊吉は、産毛《うぶげ》がほのかに光るお花の額を指で弾いた。

「なに言ってんだ。お前はここの子だが、オイラは俵屋の奉公人だ。役立たずは用しなんだよ」

そうやって、辞めていった同輩ならいくらでもいる。もの覚えが悪い者、金の勘《かん》定《じょう》が不得手《ふえて》な者、得意先に愛想の一つも言えない者。真面目《まじめ》に働いているつもりでも、皆暇《いとま》を出されてしまった。熊吉だって、いつそうなるか分からない。

額を押さえて見つめてくるお花の目が、なぜか傷ついたように光る。

「熊ちゃんは、役立たずなんかじゃないよ」

「そうだといいんだがな」

もはや見習いの小僧ではないのだ。これからは平の手代から上に行けるかどうか、常に試されることになる。俵屋では手代に出世してから五年以内になんの役にも就《つ》けなければ、よその店に出されてしまう。

背後に人が立つ気配がする。顔を上げると、旦那様が立っていた。身丈《みたけ》がさほどある人ではないのに、やけに大きく見える。

「熊吉、行きますよ」

勘定は終わったようで、お妙も戸口まで見送りに出ている。

「はい」と切れのいい返事をして、熊吉は歩きだした主人の背を追った。

今朝の杏仁と桃仁の件が、旦那様の耳に入っていないはずはない。それでもなにも言ってこないのは、熊吉がこれをどう捌《さば》くか見定めようとしているからだ。

熊吉に対する嫌がらせだけならまだいいが、店にまで迷惑がかかるとなると、こちらの力量が問われてしまう。

下手人を、あぶり出すしか道はねぇか。

気が重い。できるかぎり俵屋から、暇を告げられる者を出したくなかったのだが。

そんな甘いことを言っていては、自分が追い出される羽目になる。

ならばどうやって、尻尾《しっぽ》を掴むか。策を練れば、旦那様は乗ってくれるだろうか。

「あの、旦那様」

熊吉は胸の内で算段を組み立てて、前をゆく主人を呼び止めた。

夏土用

一

どうにもこうにも、寝足《た》りない。

梅雨《つゆ》も明けきった、炎暑の六月である。

夏の朝は早いうえ、夜は寝苦しく眠りが浅い。目が覚《さ》めれば汗だくで、寝坊をする気も起きやしない。

そのせいで日中は、頭が霞《かすみ》がかったようにぼんやりしている。店の片隅《かたすみ》に置かれた酒樽《さかだる》に腰掛けてうつらうつらとしていたら、「お花《はな》ちゃん」と肩を叩《たた》かれた。

「眠いんでしょう。二階で少し、寝ておいで」

はっとして目を開けば、お妙《たえ》の柔らかな微笑《ほほえ》みが目の前にある。流れ出る汗を拭《ぬぐ》ったらしく、白粉《おしろい》が薄くなっているのに、それがかえって艶《つや》っぽい。ほんのりと透《す》ける地肌は滑《なめ》らかで、吹き出物の一つも見当たらなかった。

「ううん、大丈夫」

お花は両手で頬《ほお》を叩き、立ち上がる。体は少し重だるいが、動いていれば紛れる程度だ。

「無理はしないで」

「してない」

短く答えて、袖《そで》を留めていた襷《たすき》を掛け直す。

水無月《みなづき》もすでに二十日。昼餉《ひるげ》の客がまだ残る、昼八つ（午後二時）である。

風が通るよう、表の戸と勝手口は開けてある。裏から子らの遊ぶ声が聞こえてこないのは、おかみさん共々午睡《ひるね》の真っ最中だからであろう。

昼飯も出す『ぜんや』では、寝足りぬからといって昼寝を決め込むわけにはいかない。お妙もお勝《かつ》も働いているのに、自分だけ横になるなどもってのほかだ。

「でもお花ちゃん、寝る子は育つっていうぜ」

床几《しょうぎ》で飲み食いしていた魚河岸《うおがし》の仲買人「カク」が、日焼けした頰を綻《ほころ》ばせる。同輩の「マル」が「そうそう」と相槌《あいづち》を打った。

「特に乳と尻《しり》は、もっとまん丸になったほうが――」

「まぁた、品のないことをお言いでないよ」

「痛ぇ！　お勝さんこそ、客の頭を気安く叩くんじゃねぇよ」

どんなに暑くとも、いつもの面々は元気である。お花もなにか愉快《ゆかい》なことが言えるといいのだが、少しも思いつかなくて薄笑いを浮かべることしかできない。そんな自分に苛立《いらだ》ってしかたがないのは、寝不足のせいだろうか。

お勝は「マル」に責められてもどこ吹く風。暑さにうんざりしたように、手で首元を扇《あお》いでいる。

「しかしまぁ、大暑《たいしょ》という名は伊達《だて》じゃないねぇ」

ああそうだったかと、お花は空《あ》いた皿を下げながら唇を噛《か》む。今日は二十四節季の一つである、大暑。お花が只次郎《ただじろう》に拾われたのも、五年前のその日だった。

やっぱりこんな、暑い日だ。あばら屋が肩を寄せ合う貧民窟《ひんみんくつ》は人の垢《あか》と糞尿《ふんにょう》のにおいが蒸されていっそう濃くなって、汗と共に肌にまとわりついてきた。井戸の水で洗ってもこすってもお花の聡《さと》い鼻はごまかせず、一生取れないような気がしていた。

客がついたお槙《まき》に外へ追い遣《や》られ、朦朧《もうろう》とさまよっているところへ只次郎と出くわした。あの出会いが貧しい暮らしから抜け出すきっかけになるなんて、そのときは思ってもみなかった。

実の母に捨てられて、お花はかえって幸せになった。「ぜんや」に寝起きするうちに、体に染みついていた悪臭も少しずつ抜けていった。

それでも汗が粘《ねば》るような暑い日には、嫌なにおいが鼻の奥に蘇《よみがえ》る。もしかすると今までのことは全部夢で、寝て起きたら布団《ふとん》の代わりに筵《むしろ》を敷いて寝ていたあばら屋にいるのではないかと思えてくる。

　おまけにさっきから漂ってくる、この香り――。

「どうぞ、ご飯が炊《た》けましたよ」

　お妙が調理場で蒸らしていた土鍋《どなべ》に、汁物をつけて床几へ運ぶ。「カク」が膝先《ひざさき》に

置かれた汁椀《しるわん》を覗《のぞ》き込み、首を傾《かし》げた。

「これは、味噌汁《みそしる》かい。なんだか緑がかってる気がするんだが」

「はい、枝豆呉汁《ごじる》です」

　大豆を擂《す》り潰《つぶ》してできる「呉」を味噌汁に入れたのが呉汁である。季節柄それを、

枝豆で作ったのだ。

　朝から枝豆を擂る青臭いにおいが充満していて、嫌でも昔のことが思い出される。

　お花を捨てた実母のお槇は、夏になると枝豆を売り歩いていたものだ。枝豆売りは

貧しい女たちの仕事で、近隣にはそれで糊口《ここう》を凌《しの》ぐ者が多くいた。

　夕方になると大鍋でまとめて茹《ゆ》でられる、枝豆の香り。それが、お槇の体にも移っ

ていた。

　お花を口汚く罵《ののし》る息も、頬を打《ぶ》つ手も、足蹴《あしげ》にして乱れる着物の裾《すそ》からも、枝豆の

青いにおいがした。それは痛みと共に記憶の中にすり込まれており、お花は今でも枝豆が食べられない。

辛いものや苦いものは苦手でも、出されたかぎりはできるだけ食べるようにしている。でも枝豆だけは受けつけず、お妙も無理に食べさせようとはしない。本当はにおいを嗅《か》ぐのも嫌なのだが、夏には欠かせない食材だ。扱うのをやめてほしいとまでは、とても言えない。

「お皿、洗ってくる」

汁椀から立ちのぼる湯気が、青臭い。それから逃れようと、お花は洗い物が積み重なった盥《たらい》を抱える。

「もうちょっと、日が陰《かげ》ってからでいいんじゃない？」

お妙の気遣いに、お花は「平気」と首を振った。

ジリジリジリと、蟬《せみ》が鳴く。まるで日差しに炙《あぶ》られている音のようだと思う。もう少し日が西に傾かないと、井戸端には陰ができない。せめて首に手拭《てぬぐ》いでも巻いてくればよかったと、濡《ぬ》れた手で熱くなったうなじを撫《な》でる。

微《かす》かに糞尿臭いのは、便所が近くにあるからだ。ここはお花が生まれ育った下谷山《したややま》崎町《ざきちょう》ではないし、お槇だってもういない。それなのに、いつまでも過去に囚《とら》われている。情けないことだと思うけれど、鼻で覚えた記憶は時を経《へ》ても生々しくにおう。

「お花ちゃん」

暑さにばかり気を取られ、名を呼ばれるまで気づかなかった。建ち並ぶ割り長屋の一室からおかやが出てきて、駆け寄ってくる。頰に畳《たたみ》の跡がついているところを見ると、午睡から覚めたばかりなのだろう。

「おっ母《か》さんが、ちっとも起きなくってさぁ」

「おえんさんの体、熱くなってたりしてない？」

「うん、気持ちよさそうに寝てる」

暑気に当てられたわけでないのなら、ただ寝汚《いぎたな》いだけだ。先に目覚めたおかやは暇《ひま》を持て余し、遊び相手を求めて出てきたらしい。まん丸な手で膝を抱き、お花の隣にしゃがみ込んだ。

「ねぇねぇ、あれから千寿《せんじゅ》さん来た？」

「あれから？」

「ほら、こないだお志乃《しの》さんを迎えに来たって言ってたじゃない」

「ああ」と頷《うなず》き、お花は盥の中の皿を濯《すす》いでゆく。ぐずぐずしていたせいで、ずいぶん時がかかってしまった。そろそろお妙が心配して、様子を見に来るかもしれない。

「あれっきり、来てない」

「本当？　じゃあ次に来ることがあったら、アタシを呼んでね。必ずね」

肉づきがいいせいか、おかやの体は人より熱い。念を押すようにぴたりと寄り添ってくるものだから、着物越しに触れたところがじわりと汗ばむ。

「なにか、用でもあるの？」

「野暮《やぼ》なこと言わないで。好きな人に会いたいだけよ」

興醒《きょうざ》めだと言わんばかりに、おかやは鼻筋に皺《しわ》を寄せて見せた。千寿への気持ちは友達としてではなく、夫婦《めおと》になりたい「好き」なのだという。

「あんなに素敵な人、他にいないもの」と、つぶらな瞳《ひとみ》を輝かせている。

たしかに千寿は見た目も頭もよく、性格までいい。あまりにできすぎていて、歳下《としした》とはいえ畏《おそ》れ多いくらいである。

「ね、お花ちゃんはまだ好きな人いないの？」

そんなふうに詰め寄られても、お花には夫婦になりたい「好き」が分からない。なんと言ったものかと口ごもっていると、おかやが腕と腕を絡《から》めてきた。

「たとえばほら、熊《くま》ちゃんとか」

「熊ちゃん？」

眉間《みけん》に皺を寄せ、熊吉の顔を思い浮かべる。もちろん嫌いではないが、夫婦には――。べつに、なりたくない。

「あっ、やだ。お花ちゃん、増えてるよ！」

おかやはまったく、落ち着きがない。問いかけておいてその答えも待たず、ずずいと顔を近づけてくる。その視線が向かう先を知り、お花は慌てて額《ひたい》を押さえた。

「うわっ、水が飛んだじゃない。んもう、なにしてるのよぉ」

それについては、申し訳ないと思う。でもお花にだって、触れられたくないことがある。

近ごろの憂鬱《ゆううつ》のわけは、夏の暑さと枝豆のにおい。そのほかに、もう一つ。額にできた面皰《にきび》である。

その前はなんともなかったのに、梅雨が明けて汗が流れ落ちる季節になると急にできはじめた。一つ治ると新たなものが二つでき、鏡を見るのも嫌になる。でも見てたしかめずにはいられなくて、朝一番に鏡台を覗く。昨日までは四つだったのに、今朝は五つの面皰が、石榴《ざくろ》の粒のように赤く熟《う》れていた。

「ねぇそれって、痛いの？」

興味本位で触れてほしくはないのに、おかやは珍《めずら》しげに問いを重ねてくる。母譲《ゆず》りの餅肌《もちはだ》は、間近に見てもつるりとしている。

「潰すと、少し」

「潰しちゃ駄目《だめ》なんじゃなかった？」

お妙には、そう言われている。でも赤く膿《う》んでくると気になって、つい指で挟んで潰してしまう。できれば前髪で隠してしまいたいくらいだが、童女でもあるまいし髪を結《ゆ》わぬわけにはいかない。

「アタシも、お花ちゃんくらいの歳になるとできるのかなぁ」と、おかやが眉《まゆ》を曇《くも》らせる。

大人たちは皆、口を揃《そろ》えて「そういう年頃《としごろ》」なのだと言う。でも「お妙さんも、そうだった？」と尋《たず》ねてみると、お妙はちょっと困った顔をした。面皰ができるかどうかは、きっと人によるのだろう。

「これ、本当に治るのかな」

面皰は青春の証《あかし》だから、長ずれば治るとも聞く。でもそれは、いつなのか。「そのうち」ではなく、今すぐにでも治ってほしいのに。

「そんなにひでぇのか。どれどれ」

唐突に日が陰り、頭上から声が振ってきた。額から手を離して振り仰《あお》ぐと、長身の男が腰を屈《かが》めて覗き込んでくる。

「ああ、たしかに赤くなってんな。でもそれほどひどくもねぇよ」

俵屋《たわらや》のお仕着せを着た、熊吉《くまきち》だ。背に風呂敷《ふろしき》を背負《せお》っているところを見ると、外回りの途中なのだろう。

「このくらいなら顔を丁寧《ていねい》に洗って、よく寝て、季節の蔬菜《そさい》をしっかり食べてりゃ治る。今なら南瓜《かぼちゃ》、茄子《なす》、冬瓜《とうがん》、それから枝豆あたりだな」

「うっ」

枝豆と聞いて、思わず眉間に力が入る。熊吉はお花の苦手なものをよく知っているから、おそらくわざとだ。

「あと脂《あぶら》っこいものは控《ひか》えること。まぁ、お妙さんの料理を食ってりゃ間違いはないさ」

それは、枝豆料理には頑《かたく》なに口をつけないお花への当てつけか。自分だって蓮根《れんこん》が少し苦手なくせにと、恨《うら》みがましい目で熊吉を睨《にら》みつける。

「膏薬《こうやく》を作るとしたら、湿を除いて熱を鎮める黄柏《おうばく》と、蜜蠟《みつろう》、胡麻油《ごまあぶら》あたりかな。今度作ってきてやろうか」

「いいの？」

薬があるなら、ぜひほしい。お花は一転して顔を輝かせた。

「効くかどうか分からねぇから、試しにな。それでも構わねぇなら」

「構わない！」

つまり俵屋とお妙とで復活させようとしている、龍気養生丹《りゅうきようじょうたん》と同じだ。少しずつ成分を変えて、体にどういった作用を及ぼすのかを試している。べつに効かなくても、恨みっこなしだ。

「ねぇ熊ちゃん、アタシには？」

「なんだ、おかやもどこか具合が悪いのか。腹下しか、それとも水虫か？」

「どっちでもない。失礼ね！」

熊吉のからかい口に、おかやがつんとそっぽを向く。ぷっくりと膨《ふく》れた頬が、焼き餅のようで美味《おい》しそうだ。

「なぁに、おかやの肌は綺麗《きれい》なもんだ。ちょっとこれ、見といてくれな」

さりげなくおかやの機嫌《きげん》を取って、熊吉は背に負っていた風呂敷を下ろす。中身は売り物の貴重な生薬《きぐすり》だろうから、お花は慌てた。

「えっ、どこ行くの？」

「便所を借りにきたんだ。腹具合がいまひとつなのは、オイラだよ」

そう言って、腹のあたりを撫でている。よく見れば熊吉は少し、痩《や》せた気がする。

「その盥、運んでやるから、オイラが便所から出る前に皿洗い済ましとけよ」

水を張った盥を指差してから、熊吉はこちらに背を向け厠《かわや》へと向かう。

「熊ちゃんも悪くないいんだけど、千寿さんと比べちゃうとちょっとねぇ」と、おかやが耳元でこまっしゃくれた口を利《き》いた。

二

「おや熊吉、裏から来たのかい」

店の勝手口から戻ると、床几に腰掛けて煙草《たばこ》を吹かしていたお勝が煙の向こうで振り返った。「マル」と「カク」はすでに帰ったらしく、代わりに菱屋《ひしや》のご隠居が小上がりで寛《くつろ》いでいた。

「ああ、ちょっと腹の具合が悪くてね」

熊吉は店の中を大股《おおまた》に横切り、小脇《こわき》に抱えていた盥を調理場の床に置く。背中の風呂敷包みも床几に下ろすと、大きく息をついて帯に挟んだ手拭いで顔をひと撫でした。

「しかし今日も暑いなぁ。いくらでも汗が出らぁ」

「お疲れ様。なら水気を取っておかないとね」

「こりゃありがてぇ」

お勝の隣に落ち着いた熊吉に、お妙がすかさず湯呑《ゆの》みを差し出す。それをひと息に飲み干《ほ》して、熊吉はぷはっと顔を上げた。

「枇杷葉湯《びわようとう》だな。染み渡るぅ」

枇杷の葉にいくつかの生薬を組み合わせた、暑気払いのお茶である。下痢《げり》止めにもなるそうで、お花も腹を壊したときには飲んでいる。

「お代《か》わりは？」

「うん、おくれ」

「おいおい、ゆっくり飲みなさいよ」

と、ご隠居は呆《あき》れ顔。その膝元には盃《さかずき》ではなく、やはり枇杷葉湯の湯呑みが置かれている。この暑さでは酒や飯より、喉《のど》を潤《うるお》すことが先決である。

渇きが癒《い》えたら、今度こそ酒だろう。お勝が怠《なま》けているのでお花が気を利かせて、ご隠居の置き徳利の酒を二合ほどちろりに移す。それを、湯気がもうもうと立ちのぼる銅壺《どうこ》に沈めた。

二階から、下りてくる人の足音がする。小上がりとの境にある暖簾《のれん》を分けて、顔を出したのは只次郎だ。商《あきな》い指南から戻り、汗に濡れた着物を着替えていたものと見える。

「いやぁ、この時期は昼の日中に外を歩くもんじゃありませんね。おや熊吉、来てたのかい」

「兄ちゃんこそ、帰ってたのかよ」

熊吉が苦いものでも口にしたように顔をしかめる。本当は只次郎のことが好きなくせに、いつも嫌そうにするのはどうしてだろう。今度わけを聞いてみようかと思案しているうちに、只次郎がご隠居と差し向かいに腰を下ろした。

「昼飯を食べそびれたので、私にもお父《とっ》つぁんと同じものを」

見世棚《みせだな》に並んだ料理を取り分けていたお妙が、それを聞いて手を止める。

「はい。間もなく俵屋さんもいらっしゃると思いますが、お待ちになります？」

「ああ、いや。旦那様は来られねぇんだ」

そう言って、熊吉が傍《かたわ》らに置いた風呂敷包みを解《ほど》く。その中から薬袋を二つ手に取って、小上がりの前に立った。

「この暑さで、体がまいっちまったみたいでね。だから薬を預かってきた」

薬袋には『龍気養生丹』という薬の名のほかに、『参《さん》』『肆《し》』と大字をふってある。廉価《れんか》版の試作である。

袋の数字ごとに、成分を少しずつ変えているらしい。驢馬《ろば》やらなんやらの「大事なところ」は、まだ含まれているのだろうか。

たとえそれで面皰が治ると言われても、お花なら飲むのを躊躇《ちゅうちょ》してしまう。なぜそんなものを、商い上手《じょうず》な只次郎や旦那衆が売れると見込んでいるのか、よく分からなかった。

「それで兄ちゃん、こないだ渡した『壱《いち》』と『弐《に》』の具合はどうだった？」

「こら、そういうことをお花ちゃんのいる前で聞くんじゃないよ」

変なのと、燗《かん》のついたちろりを引き上げながらお花は首を傾げる。只次郎はほんのりと顔を赤らめているし、お妙は苦笑い。お勝に至っては腹を抱えて笑っている。

龍気養生丹は、精のつく薬なのだという。つまり、それを飲めば元気になるということだ。なにを恥ずかしがったり、可笑《おか》しがったりする必要があるのだろう。

ちろりと盃を小上がりへ運び、ふと思いついて尋ねてみる。

「それって、女の人は飲めないの？」

そのとたん、大人たちが一様に気まずそうな顔をした。なるべく多くの人に試してもらいたいと言いながら、俵屋も熊吉も男の人にばかり勧《すす》めている。それが不思議だったたけなのだが。

「べつに飲めないってわけじゃねぇよ。でも買い求めるのはほとんど男だろうな」

「どうして？」

「それはまぁ、いずれ分かるようになるさ」

熊吉にまで、はぐらかされた。「そのうち」も「いずれ」も、お花にはいつだか分からない。だから永久に巡ってこないように思えてしまう。

「ところで熊吉、大出世じゃないか。龍気養生丹が出来上がったら、販売はお前が取り仕切ることになるんだろう？」

只次郎がご隠居に酌《しゃく》をしながら、慌てて話題を切り替えた。

熊吉の目が、急に鋭くなる。

「誰《だれ》に聞いた？」と尋ねる声も、やけに張り詰めている。

「この前俵屋さんを訪ねたら、手代《てだい》に呼び止められたんだよ。こういう噂《うわさ》があるけど、本当ですかって」

「そいつの風貌《ふうぼう》は？」

「見たところ三十路《みそじ》手前。でこっぱちで、やや受け口」

「なるほど」

心当たりがあるのか、熊吉は口元に手を当てて深く頷いた。

「違うのかい？　俵屋さんにたしかめてみたら、内緒ですよと笑っていたんだけど」

「さてね。オイラはなにも知らねぇよ」

肩をすくめ、熊吉は只次郎の問いまではぐらかす。そんなはずはなかろうとお花でも思ったが、只次郎は深く追及したりはしない。

「ひとまずは、そういうことにしておくよ」と言って、盃を傾ける。

大人とは、いずれ分かるときがくるまで待てる余裕があるものなのか。

ならばお花は、いつまで経《た》っても大人にはなれない気がした。

冬瓜の鼈甲《べっこう》煮、南瓜のきんぴら、長茄子の蒲焼《かばや》き。

お妙が見目よく小皿に盛ったそれらのお菜を、折敷《おしき》に載せてお花が運ぶ。

あらためて見れば、熊吉が面皰にいいと教えてくれたものばかりだ。ただ旬《しゅん》だからというだけでなく、そこにお妙の真心が感じられる。毎朝目が覚めてすぐ鏡台を覗き込むお花の姿に、胸を痛めていたのだろう。

口には出さなくてもこんなふうに、お花の憂《うれ》いを除こうとしてくれる。熊吉が言うように、お妙の料理は食べる人のことがよく考えられているのだ。だからこそ、舌鼓《したつづみ》を打つほど美味しいのかもしれない。

「熊ちゃん、お昼は？」

お妙に聞かれ、熊吉は小上がりに並んだ料理を横目に見る。物欲しげに喉を鳴らし、だがすぐに未練を断ち切るように首を振った。

「外回りの途中なんで、のんびりしてられねぇんだ。それにさっき、握り飯を食ったしな」

「あらそう。まっすぐ帰るわけじゃないなら、お料理を持たせても悪くなってしまうわね。俵屋さんに、なにか召し上がっていただこうかと思ったんだけど」

お妙の真心は、常連客をも包み込もうとする。暑さに負けた体にも、たとえばこの冬瓜の鼈甲煮などは食べやすい。でも外の暑さを考えると、すぐに蒸れて傷《いた》みそうだ。

煙草盆に煙管《きせる》を打ちつけて灰を落とし、お勝が尋ねる。

「俵屋の旦那、大丈夫なのかい。もう還暦《かんれき》なんだろ」

そう言うお勝はお花の知るかぎり俵屋より少し歳上のはずだが、暑さなどものともせずぴんぴんしている。

「たいしたことはねぇよ。このところ根を詰めて薬を作ってたから、寝足りてなかったみたいで。今日一日は、ゆっくり寝とくよう若旦那に言い含められてた」

「それはそれは、薬屋の不養生《ふようじょう》ですね」

食欲にも肌艶《はだつや》にも衰《おとろ》えを見せないご隠居は、さっそくお菜をつまんでいる。旦那衆の中で一番の年嵩《としかさ》なのに、この人が体の不調を訴えているのを聞いたことはない。

「うわ、旨《うま》ぁい。この茄子ときたら香ばしくてとろとろで、こってりとした蒲焼きのタレとの相性が抜群《ばつぐん》ですね！」

同じくお菜に箸《はし》をつけていた只次郎が、うっとりと身を震わせる。食べたいのを我《が》慢《まん》している熊吉が、あからさまに舌打ちをした。

「嫌な奴《やつ》だな。当てつけかよ」

「そうだ、蒲焼きといえば」

しかし只次郎は聞いていない。なにを思いついたのか、手と手をぽんと打ち合わせた。

「お妙さんは、鰻《うなぎ》を料理しませんよね」

言われてみれば。『ぜんや』では、鰻を食べたことがない。

「そうだっけ。オイラ昔藪《やぶ》入《い》りで帰ったとき、ちらし寿司《ずし》に載っかってた気がするんだけど」

「あれはたしか、鰻屋さんで買ってきたのよ。ただ切って、載っけただけね」

熊吉は今でも藪入りのたびに『ぜんや』に帰ってくる。でも鰻のちらし寿司などお花は口にしていないから、五年よりも前のことなのだろう。

「いいですねぇ、鰻。ぜひ作ってくださいよ」

ご隠居が、早くも乗り気になってしまった。お妙が困ったように頬に手を当てる。

「でも鰻はそれを専門にするお店があるんですから、そちらで食べたほうがいいでしょう」

それが、『ぜんや』では鰻を出さない理由らしい。お妙曰《いわ》く、鰻屋には少しずつ注《つ》ぎ足しながら長年育てているタレがあるそうだ。その深みは、一朝一夕に出せるものではない。ならば鰻は鰻屋でと、割り切っているのだった。

「だったら、蒲焼き以外で。お妙さんなら、いかようにも工夫できるでしょう」

只次郎は、諦《あきら》めない。どうしてもお妙の鰻料理が食べたいようで、食い下がる。

お妙はますます困った様子で首を傾げた。

「鰻は、蒲焼きが一番美味しいと思いますけど」

「そうですねぇ、私が若いころはまだ鰻を筒切りにして焼いたのが売ってましたけど、あれは生臭くて食えたもんじゃありませんでした」

「たしかに、あれは旨くないね」

ご隠居が昔の話を持ち出して、お勝がうんうんと頷いている。自称二十歳《はたち》のはずなのに、お勝ときたら脇が甘い。

「ともかく、鰻屋では出ないような鰻料理ですよ。作ってくれるなら、深川《ふかがわ》のいい鰻を手配しますから」

「おお、それはいい。どうでしょう、他の旦那衆にも声をかけて、鰻づくしと洒落込《しゃれこ》んじゃあ」

「なら六日後はどうです。ちょうど土用の丑《うし》の日です」

江戸前と他の地域で獲《と》れた旅鰻とでは、味も値段もまるで違う。深川の名産である鰻を用意すると聞いて喜ぶご隠居と、只次郎とで、どんどん話を進めてしまう。

「そんな、鰻づくしと言ったって――」

お妙はまだ渋っている。いつも求められたものは二つ返事で作るのに、珍しいことである。

「アンタひょっとして、鰻を捌《さば》けないんじゃないかい？」と、お勝が煽《あお》る。

「捌けますけど」

優しげに見えて、お妙は案外負けん気が強い。むっとしたように言い返した。

「じゃ、決まりだね。暑さ負けしている俵屋さんにも、食べさせてやりたいだろ」

してやったり。お勝はにやにやと笑っている。

「そりゃあ、うちの旦那様は喜ぶだろうけど。いいのかい、お妙さん？」

お妙を気遣《きづか》うのは、熊吉のみ。機嫌を窺《うかが》うように、そっと顔を覗き込む。

ついでに只次郎とご隠居も、期待に満ちた目を向けた。

額に手を当て、お妙は諦めたように首を振る。

「分かりました。土用の丑の日は、鰻づくしとまいりましょう」

「やったぁ！」

只次郎とご隠居が、躍《おど》り上がって喜んでいる。美味しいものにありつけるとなると、とたんに子供っぽくなる人たちだ。他の旦那衆もきっと六日後には、うきうきとした足取りで集まってくるのだろう。

鰻は無論、お花も好きだ。只次郎にはじめて鰻屋に連れて行ってもらったときは、旨すぎて舌ごととろけて消えてしまうかと思ったくらいだ。

でも鰻づくしと言われても、いまひとつ喜べない。右手は我知らず、額の面皰を撫でていた。

三

『春告堂《しゅんこくどう》』から預かりの鶯《うぐいす》がいなくなると、なんとなく寂《さび》しいが、世話は楽でよい。

夏用の籠桶《こおけ》の中で身繕《みづくろ》いをしているハリオは、すでに「ホーホケキョ」という本鳴きをやめている。以前は夏の終わりごろまで鳴いていた気がするのだが、暑い時期に鳴き続ける体力はもうないのだろう。

できるかぎり長生きしてねと心を込めて、小さな頭を撫でてやる。ハリオはお花の指を怖がりもせず、気持ちよさそうに目を細めた。

「じゃ、お花ちゃん。私はもう行くからね」

結城紬《ゆうきつむぎ》の単衣《ひとえ》に着替えた只次郎が、あとはよろしくとお花に託してゆく。

いつもより出かけるのが早いのは、昨日決まった鰻づくしの、鰻を融通《ゆうずう》してもらうためだろう。商い指南で川魚屋とは繋《つな》がりがあるらしく、「任せてください」と胸を叩いていたものだった。

「行ってらっしゃい」と只次郎を送り出してから、鶯の餌《えさ》作りに使った擂り鉢などを洗って伏せておく。あとは『春告堂』に用のある客向けに、表の戸に貼《は》り紙をしておけばいい。

『ご用の方は隣の居酒屋ぜんやまで』

こうしておくと鶯指南や商い指南の依頼に来た客が、ついでに一杯飲んでゆく。どちらの店も儲《もう》かる寸法になっていた。


さて次は、『ぜんや』の仕込みの手伝いだ。下駄《げた》を鳴らして駆け戻ると、ちょうどいつもの振り売りが、蔬菜《そさい》を届けていった後らしい。見世棚に並ぶ色とりどりの青果を前にして、お妙が難しい顔でなにやら考え込んでいる。

「どうしたの？」

今日の献立《こんだて》が決まらないのだろうか。いつもは鼻歌交《ま》じりに次々と決めていってしまうのに、体の具合でも悪いのかと心配になった。

「ああ、お花ちゃん。鰻づくしの料理をどうしようか、考えていただけよ」

そんなに頭を悩ませることなのだろうか。たとえば胡瓜《きゅうり》一本を渡しても、切ったり擂ったり叩いたりと、お妙はいかようにも料理してしまうのだが。

お花の顔に浮かんだ疑問を読み取ったのか、お妙は柔らかに微笑んで見せた。

「鰻はやっぱり、蒲焼きなのよ。開いて焼いて脂を落とさないと、どうしても生臭いのよね。蒲焼き以外となると、タレをつけて焼く前の白焼きくらいしか思いつかなくて」

鰻の、蒲焼き。煙を嗅いだだけでも飯がほしくなるほど香ばしいにおいが、思い出そうとするとすぐ鼻先に蘇った。脂が爆《は》ぜて、醬油《しょうゆ》色のタレがじわりと焦《こ》げてゆく。あれほど食い気を誘う香りは、他にない。

「鰻の蒲焼きには、山椒《さんしょう》が合う」

その料理が目の前にあるような気がして、お花はすんすんと鼻をうごめかす。爽《さわ》やかな山椒の香りは、こってりとした鰻の脂のにおいを引き締めてくれる。

「そうね、粉山椒をかけると美味しいわ」

鰻屋にも、粉山椒は置いてある。分かりきったことだという面持《おもも》ちで、お妙が頷く。

「それから、茗荷《みょうが》も合いそう」

お花は記憶の中から、さらに相性のよさそうなにおいを探してゆく。瑞々《みずみず》しくさっぱりとした茗荷もまた、鰻の旨みを引き立ててくれそうだ。

「いいわね。鰻の蒲焼きを小さく切ったものに、山椒の実の佃煮《つくだに》と茗荷を和《あ》えると美味しそう――」

お花につられて思案げに呟《つぶや》いてから、お妙は「あっ！」と目を見開いた。

「分かった。鰻の蒲焼きを使って、別の料理を作ればいいのね」

どうやら解決の糸口を見つけたようだ。お花は引き続き、鼻先に意識を集める。

「あとは、卵」

「ふわふわの卵とじにすると、甘辛いタレと合うわね」

「豆腐は？」

「冷奴《ひややっこ》に載せてみる？　ああでも、一緒に蒸して餡《あん》をかけたら美味しそう」

「牛蒡《ごぼう》なんかも」

「芯《しん》にして鰻を巻けば、八幡《やわた》巻きになるわ」

お妙の声が、しだいに弾《はず》んだものになってゆく。心が通い合っているような気がして、なんだか口元がむずむずする。嬉《うれ》しくて、照れくさくて、でもそれ以上に誇らしげな気持ち。

「ありがとう、お花ちゃん。すごいわ」と礼を言われ、喜びのあまり顔を覆《おお》い隠したくなった。

熊吉には役立たずでも見捨てられたりはしないと言われたが、やっぱりお妙の役に立てると嬉しくなる。しかも料理のことで褒《ほ》められたのははじめてだ。

もっともっと、認められたい。今ならあの願いを口にできる。

「ねぇ、お妙さん。私にお料理を教えて」

高鳴る胸を手で押さえて、そう言った。お妙はお花を見据《みす》えてから、にっこりと笑う。

五年も共に暮らしてきたのだから、知っている。これは物事を有耶無耶《うやむや》にしたいときの笑みだ。

「ええ、そのうちね」

またもや「そのうち」だ。せめていくつになったらと、目安を示してほしいのに。なにを聞いても、お妙のこの笑みを崩せる気がしない。

私が、頼りないからいけないんだろうな。

無愛想な娘だと言われ、いまだに給仕も満足にできないのだ。料理より先に、覚えなきゃいけないことがたくさんある。たとえば愛嬌《あいきょう》の、振りまきかたとか。

ためしにお花は、お妙に向かって微笑んでみようとする。でも心とちぐはぐの表情はできなくて、しかめっ面《つら》になっただけだった。

お妙の手が、両の頬を優しく包む。打たれても泣かない自信はあるのに、こうされると切なくなるのはなぜなのだろう。

「あのね、若いお花ちゃんにはできるだけ、好きなものをたくさん見つけてもらいたいの。それがあなたのゆく道を、照らしてくれるかもしれないから」

言われていることが、ぼんやりしすぎていてよく分からない。それでも理解できていないと悟《さと》られたくなくて、お花は小さく頷く。

「でもそうね、鰻をたくさん焼くのは大変だから、少し手伝ってくれると助かるわ」

そんなことは、言うまでもない。お妙の手助けができるのならば、本望だ。

瞳の中を覗き込まれ、お花は今度こそしっかりと頷いた。

四

常連の旦那衆が集《つど》う鰻づくしは、二十六日の夕七つ（午後四時）から。

皆決して暇ではないはずなのに、誰一人欠けることなく参加の返事があったという。升川屋《ますかわや》などは、お志乃に食べさせるための弁当まで所望してきたくらいだ。お妙の鰻料理への期待は膨《ふく》らむばかりである。

その日の『ぜんや』の調理場は、朝から大忙しだった。朝餉《あさげ》の片づけを終えると、いつもより早く仕込みをはじめる。

川魚屋で泥抜きを済ませた鰻が、盥の中で身をくねらせている。いずれも丸々と太った深川鰻だ。

「さ、やるわよ」と前掛けの紐《ひも》を締め直すと、お妙がそのうちの一匹を手に取った。鰻はぬるりぬるりと、指の間から逃れようとする。そんなものをどうやって捌くのかと気にしていたら、お妙はやにわに釘《くぎ》を取り出し、鰻の頭を俎板《まないた》に打ちつけた。

「ひっ!」

ありったけの七厘《しちりん》を表に運び出していた只次郎が、身を縮める。

そんな反応には構わずに、お妙は鰻の背に包丁を入れると、一気に尾まで切り裂いた。

背開きにされてようやく、鰻は身をくねらせるのをやめた。そのまま肝《きも》と中骨を取り除き、頭を落とす。鮮やかなものである。

「お花ちゃん、この中骨と頭を綺麗に洗って。肝には虫がいるから、捨てていいわ」

いよいよ出番だ。お花は俎板の端に寄せられた中骨と頭を、水を張った桶に移す。虫がいるという肝は、野良犬が誤って食べてはいけないから竈《かまど》にくべてしまおう。

「鰻の血には毒があるから、触った手で目をこすったりしないようにね」

「ええっ」

河豚《ふぐ》に毒があることはお花でも知っているが、鰻にまでとは。うっすらと鰻の血がにじむ手指を、まじまじと見つめてしまう。

「目に入ったら、どうなるの」

「焼けるような痛みを伴って、目が真っ赤になるわ」

「分かった、触らない」

そんな鰻の血も、熱を加えると無毒になるという。だから鰻は刺身で食べないのかと、腑《ふ》に落ちた。

開いた鰻の残り骨をそぎ落とし、長い身を真ん中で二つに切り分けると、お妙はそれを上下に並べて竹串《たけぐし》を打ってゆく。

そのくらいならお花にもできる気がしたが、代わってみるとこれが案外難しい。鰻にぬめりがあって串がうまく刺さらないのと、身の厚さが均一でないため、まっすぐに刺すと身や皮を突き破ってしまう。どうにか見られる形に串を打ち、顔を上げたときには、お妙はさらに四尾の鰻を捌き終えていた。

「串打ちができたなら、焼いてゆくよ」と、只次郎が開け放した表の戸から顔を見せる。

鰻を焼く煙は凄《すさ》まじいため、屋外で焼くのである。まだ朝五つ（午前八時）とはいえ日差しは目を射るほど強く、しかも炭火が入った七厘に囲まれているため、只次郎は滝のような汗をかいていた。

「お願いします。弱火でじっくりと炙ってくださいね」

「かしこまりました。でもその前に、水を一杯」

実際に作業をしてみると、お妙が鰻を店に出さなかったわけがよく分かる。鰻を料理するのは、大変なのだ。とても片手間でできるものではなく、これにかかりっきりになってしまう。鰻屋が、鰻しか扱わぬわけである。

「いやぁ、まいった。これは暑い」と零《こぼ》しつつも、鰻づくしの言い出しっぺなのだから只次郎に文句は言えない。せめて頭が暑くならないようにと、手拭いを頰《ほ》っ被《かむ》りにするのが関の山だ。

お花もまた調理場と外を行き来するうちに、流れ落ちるほどの汗が浮いてきた。それでも親子三人でこんなに大騒ぎをするのは、はじめてのこと。輪に入れているのが嬉しくて、下駄の音が弾んでしまう。

仕入れた鰻をすべて捌き、串打ちを済ませると、お妙も表に出て焼きに加わった。七厘を団扇《うちわ》で扇ぐ只次郎とお妙を、お花が交互に扇いでやる。

汗で流れ落ちるのを見込んでか、お妙は白粉を塗っていない。顎先《あごさき》に滴《したた》る汗を拭い、ふうと大きく息をつく。

「これが終わったら、湯に行きましょうね」

三人とも大汗をかき、鰻の煙に燻《いぶ》されている。あらためて衿元《えりもと》に鼻を寄せてみると、汗と脂が混じって古くなったような、なんとも言えぬにおいがする。

「ほんとだ、臭い」

でもこれは、悪臭じゃない。

なにが可笑しいのか分からないけれど、腹の底がひくりひくりと波打って、お花はうふふと笑みを零した。


「ほらほら、ぐったりしてるんじゃないよ。これからが本番だろう」

表の看板障子《かんばんしょうじ》を取り込んで、お勝が手を打ち鳴らす。

昼八つ半（午後三時）、昼餉の客を帰してから、いったん店を閉めたところである。ひと息つこうと床几に腰を下ろし、枇杷葉湯で喉を潤すと、もう立ち上がるのさえ億劫《おっくう》になってしまった。

「まだもうひと汗かかなきゃいけないのね」と、隣に座るお妙もため息をつく。

朝のうちに白焼きにした鰻はすべて、串を打ったまま重箱に重ねて入れてある。そうしておくと自らの熱で蒸れて、ふっくらとした身に仕上がるそうだ。これからまた、タレをつけて焼いていかねばならない。

「あと半刻《はんとき》（一時間）で旦那たちが来ちまうんだろ。汚れた皿は、アタシが洗っといてやるからさ」

店が開くころにやってきて、給仕だけしていたお勝はいいご身分だ。お妙は湯から戻ってからも昼餉の客に出すお菜を作り、休む間もなかった。その手伝いをしていただけのお花ですら、疲れて生欠伸《なまあくび》ばかり出る。

そういえば朝からめまぐるしくて、昼餉を食べそこねている。なんとなく力が出ないのは、そのせいもあるのだろう。

そう思って腹を撫でていると、お妙が顔を覗き込んできた。

「お花ちゃん、お腹空《なかす》いた？　もう少し我慢できるなら、鰻を食べてもらえるけど」

鼻腔《びくう》の奥に、さんざん嗅いだ鰻の脂のにおいが広がる。タレを塗ればいっそう香ばしくなって、舌の上でとろけてゆくだろう。口の中に、じわりと唾《つば》が湧《わ》いてくる。

「でも、鰻は――」

そうだ。脂っこいものは控えるようにと、熊吉に言われている。

お花は額を押さえ、ぎこちなく首を振った。それだけで、お妙はなにかを察したようだ。

「もしかして、面皰を気にしてる？」

こんなふうに、真正面から問われたのははじめてだ。お花は額を手で覆い隠したまま、頷いた。

脂っこい食べ物と聞いて、誰もが真っ先に思いつくのが鰻であろう。美味しいものを食べたい気持ちよりも、これ以上面皰を増やしたくないという思いのほうが強かった。

「大丈夫よ。鰻の脂は、実は肌にいいの」

だからそう教えられても、にわかには信じられない。

「本当に？」と、疑いの目を向けてしまう。

「ええ。鰻に滋養があることはよく知られているけれど、それだけじゃなく目にもいいし髪にも肌にも、潤いを与えてくれるの。あのぬめりがいいのね、きっと」

「おや、大変だ。それなら盥一杯食べないと」

洗い物の皿が積み重なった盥を抱え、お勝がおどける。お妙はくすくすと笑っている。

「熊ちゃんが言っていたでしょう。お膳に上る食べ物の中にも、生薬に使われているものがあるって。そもそも、体は口から入るものでできているんだから。生薬になるほど効き目が強くなくても、すべてに意味があるのよ」

子供のころは貧しくて、腹さえ膨れればなんでもよかった。落ちているものも、腐《くさ》りかけているものも平気で食べた。それによって体が作られてゆくなんて、お花は考えもしなかった。

もしかしてそのころに溜《た》め込んだ毒が、今こうして面皰となって噴き出ているのだろうか。指先で撫でてみると、面皰は少しばかり熱を持ち、湿っている。

「鰻、食べる？」

お妙にもう一度尋ねられ、お花はこくりと頷いた。

「それじゃあ、これでもう少し我慢しておいて」

そう言ってお妙が口に放《ほう》り込んできたのは、前にももらった優しい味のする飴《あめ》だ。ふわりと広がる菫《すみれ》のようなお妙の移り香に、今日は鰻のにおいも混じっている。

いやちょっと、鰻のほうが強いかな。

お花はうふふと口元を窄《すぼ》める。鰻のにおいだけは、お揃いだ。

柔らかな手が、背中を撫でてくれる。最後にとんとんと励《はげ》ますように叩いてから、お妙は「さて」と勢いをつけて立ち上がった。

「それじゃあ、急いで焼き上げてしまいましょう。今日は本当に、大忙しよ」

五

表に七厘を出して鰻の蒲焼きを焼いていると、道行く人が香りに誘われ足を止める。そのうち幾人かは店に入ろうとして、「すみません、本日はこれから貸し切りで」と断られると、肩を落として去ってゆく。

かくも蒲焼きのにおいは罪深い。お花も次々と焼き上げてゆくうちに、汗より涎《よだれ》が垂れそうになってくる。腹の虫も、早く食べさせろと暴れていた。

「ああ、これはたまりませんね。食い気がそそられます」

旦那衆の中で、真っ先にやってきたのは菱屋のご隠居だった。約束の刻《とき》より、ずいぶん早い。待ちきれなくて来てしまったらしい。

「すみません、まだしばらくかかります」

「なんのなんの、鰻は煙を嗅ぎながら飲むのもまた一興。盃を傾けながら待たせてもらいますよ」

などと言いつつ、小上がりに落ち着く。

お妙に頼まれて調理場で蒸し器の用意をしていたお勝が、「はいはい、すぐにお酒の用意をしますよ」と応じた。

「あれっ、ご隠居。もう来てたんですか」

只次郎が仕事から戻ったのは、鰻がすべて焼き上がったころである。

る。

できるかぎり早く帰って手伝うと言っていたのに、客との話が長引いたものと見える。

「なにか、できることはありますか」と、今さら聞いてももう遅い。使い終わった七厘はお勝が片づけてしまったし、料理はもう簡単な仕上げだけ。お妙は呆れたように、手拭いで顔の汗を押さえている。

「ご隠居のお相手を、お願いします」

「はい、かしこまりました！」

これは今夜、ひと悶着《もんちゃく》ありそうだ。お妙が拗《す》ねて、只次郎がひたすらご機嫌取りをする。そんな犬も食わぬ光景を見ずにすむよう、早く寝てしまうことにしよう。

旦那衆は、それから続々と集まってきた。

味噌問屋の三河屋《みかわや》、白粉問屋の三文字屋《みもじや》、酒問屋の升川屋は息子の千寿と女中のおつなを伴ってきた。

「母の弁当を、受け取りに参りました」と、千寿ははきはきとした口調で告《つ》げる。

「ちょうど、今さっきできたところよ。お花ちゃん」

お妙に促《うなが》され、お花はまだほんのりと温かい重箱を風呂敷に包む。それを手渡してやると、千寿は「ありがとうございます」と爽やかな笑みを見せた。

見世棚越しに、お妙が注文をつける。

「妊婦さんは鰻をたくさん食べちゃいけないから、千寿ちゃんも一緒に食べてね」

「はい。いつもよくしてくださり、ありがとうございます」

どう育てば八歳にして、こんなに折り目正しく振舞えるのだろう。不思議に思っていると、升川屋が千寿の頭をぞんざいに撫でた。

「ほら、早く帰って食わしてやんな。道中気をつけてな」

「おつなもいるから平気です。父《とと》さんも、あまり飲み過ぎませんように」

できのよすぎる子を持つと、決まりが悪いものらしい。升川屋は、なにも言い返せず苦く笑った。

帰ってゆく千寿とおつなを見送りながら、はたと気づく。そういえば、千寿が来たら呼んでほしいとおかやに頼まれていたんだっけ。

でも今は忙しいいし、わざわざ引き留めるのも変だ。面皰についてずけずけと物を言われた仕返しではないが、うっかり忘れていたことにしてしまおう。

いやこれはやっぱり、仕返しか。胸がすくわけではないけれど、おかやのために動いてやる気にはなれなかった。

「お花ちゃん、お願い。ここにお皿を並べて」

罪悪感はすぐ、忙《せわ》しなさに紛れて消えた。お妙の求めに「はい」と応じ、お花はきりきりと働いた。

夕七つの鐘《かね》が鳴っている。その響きが消える前に、最後の一人である俵屋がやって来た。

「ああ、俵屋さん。体はもういいんですか」

只次郎が、小上がりから伸び上がって具合を尋ねる。

「なぁに、たいしたことはありません。お妙さんの鰻料理を食べれば本復しますよ」

暑さのせいですねと、俵屋は笑う。間近に見ると肌が少しかさついており、まだ本調子でないのが分かった。

「うん、たくさん食べて」

お妙の言葉通りなら、鰻は滋養があって肌にもいい。今の俵屋にはうってつけだ。

「ありがとう、お花ちゃん。そうだ、熊吉から預かっているものがありますよ」

そう言いながら、俵屋は懐《ふところ》をまさぐっている。取り出したのは、しっかりと栓《せん》がされた小壺《こつぼ》である。受け取って開けてみると、やや黄みがかった軟膏《なんこう》が入っている。作ってくれると言っていた、面皰の薬だ。

「嬉しい。ありがとう」

「礼なら今度、熊吉に言ってやってください。自分の給金から費用をまかなっていましたから」

それもそうだ。気軽に作ってほしいと言ってしまったが、生薬は無料《ただ》ではない。身の回りにたくさんあるとはいえ、店のものを勝手に使えば罰《ばっ》される。そんなことにまで、頭が回っていなかった。

「どうしよう。これ、いくら？」

お花が自由にできる金などないが、聞かずにはいられない。小上がりの手前で草履《ぞうり》を脱《ぬ》ぎながら、俵屋は「いいんですよ」と微笑んだ。

「熊吉が自分から作ってやると言ったんでしょう。いい格好をさせてやってください」

「だけど――」

「どうしても気が済まないなら、にっこり笑って『ありがとう』と言ってやるといいですよ。なによりの褒美《ほうび》です」

自分の笑顔に、それほどの価値があるものか。釈然としないまま、お花は強張《こわば》りがちな頰を撫でた。

「俵屋さん、早く座って座って。鰻づくしのはじまりですよ。こちとら、四半刻《しはんとき》（三十分）以上も待ちかねているんですから」

ご隠居が、浮ついた様子で俵屋を手招きする。勝手に早く来たくせに、待ちかねたとはずいぶんな言い草である。

店中に、鰻のにおいが充満しているのだから無理もない。お花とて、臍《へそ》が背中にくっつきそうなほど腹が減っている。

七厘の始末を済ませたお勝が、ちょうど手を洗って戻ってきた。それを見て、お妙が料理を載せていた折敷を取り上げる。

「では、鰻づくしをはじめましょうか」

そのとたん、江戸市中でも名の知れた旦那衆が「待ってました！」と子供のように手を叩いた。

鰻と茗荷の和え物、鰻の白焼き、鰻と豆腐の蒸し物、鰻の卵とじ、そして八幡巻き。次々と並べられてゆく料理に、旦那衆はいちいち大騒ぎである。

「せっかくの蒲焼きをこんなに細かく切っちまったらもったいないと思いましたが、しゃきしゃきとした茗荷との取り合わせが旨いのなんの。山椒の佃煮がまた、ぴりりと味を引き締めますね」

ご隠居が料理の感想を述《の》べれば、三河屋も負けじとばかりに口を開く。

「私は八幡巻きが好きだねぇ。醤油のタレをつけて焼いてあるけど、これは味噌でも旨かろうね」

「俺ぁこの、白焼きがいいね。山葵《わさび》をつけて食うのが案外さっぱりしていて、酒が進む」

升川屋がそう言って盃を干せば、三文字屋が酒のお代わりを頼む。

「すべて美味しいですが、この卵とじがまたなんとも。ご飯に載せて掻《か》き込みたいくらいです」

最後に俵屋が、満足げに頬を持ち上げた。

「なによりこの豆腐の蒸し物ですよ。温かい豆腐と鰻の蒲焼きが、生姜の利いた餡《あん》に包まれてつるりと喉を通ってゆきます。これは暑さ疲れの体に染みますよ」

お花もまたお勝と並んで床几に座り、鰻づくしの相伴《しょうばん》にあずかる。よく肥《こ》えた深川鰻の川藻のにおいが、臭みではなく風味になっている。重箱の中で蒸されたためか、身がほくほくとして柔らかく、口の中でとろけてゆく。ほっぺたが落ちそうで、慌てて顔を押さえてしまった。

「蒲焼きのタレも、コクがありますね。鰻屋のタレみたいですよ」

旨い旨いと大喜びで食べていた只次郎が、盃を取っていったん舌を落ち着かせている。タレは真似《まね》できないんじゃなかったのかと、お妙に尋ねた。

「付け焼き刃ですよ。醤油と味醂《みりん》を煮詰める際に、よく焼いた鰻の頭と骨を入れたんです。多少は旨みが滲《にじ》み出ていますけど、鰻屋さんに比べるとまだまだですね」

充分美味しいと思うのだが、お妙は自分の料理の出来に厳しい。「今度から鰻は、鰻屋さんで食べましょうね」と、含みのある微笑みを浮かべている。

鰻を焼く苦労を思い知った只次郎は、「はい、すみません」と小さく肩を縮めた。

「ふぅ、まだ日も落ちないうちから飲む酒は旨いねぇ」

隣を見れば、お勝はすっかりできあがっていた。飲んでいるのは升川屋がこの日のために、前もって届けてくれていた酒だ。

「おう、どんどん飲んでくんねぇ。鰻の甘みと酒の甘みが混じり合って、後を引かずにすーっと消えてくだろ。鰻にはこれが合うんだ」

鰻に合うとかなんだとか、酒もいろいろのようだが飲めないお花には分からない。

代わりにお妙がお花のために、小ぶりの土鍋を運んできた。

「お花ちゃんは、もうご飯食べちゃうでしょう？」

三文字屋が言うように、鰻の卵とじを飯に載せて食べたいと思っていたところだ。お花はもちろんと頷いて、熱々の土鍋を折敷ごと受け取った。添えられているのは、すまし汁。鰻の骨をじっくり揚《あ》げたものと、焼き葱《ねぎ》、三つ葉があしらわれている。

汁をひと口啜《すす》ってみると、鰹出汁《かつおだし》だけではない、芳醇《ほうじゅん》な香りが鼻に抜けた。これが鰻の骨から滲み出した風味なのか。骨じたいも、煎餅《せんべい》のようにぽりぽりと食べられる。

「お妙さんも、座って召し上がっては？」

俵屋に気遣われ、「では、お言葉に甘えて」と、お妙が折敷を手にお花の隣に腰掛ける。朝から動きどおしで、腹が減っているのは同じだろう。その優雅な箸使いを見て、お花はひそかに箸の持ちかたを改めた。

「それにしても只さんの思いつきをこうして形にしてくれるんだから、さすがお妙さんですね」

「ね、そうですよね。特にこの豆腐の蒸し物なんて、どうやって思いつくのやら」

夜になればお妙に責められる運命の只次郎が、早くも機嫌を取ろうとしてご隠居の褒め言葉に大きく頷いている。そんな小細工《こざいく》を見抜けぬお妙ではないが、良人《おっと》の必死さにほだされたらしく、くすくすと笑いだす。

「ありがとうございます。でも今日の献立は、ほとんどお花ちゃんが考えたんですよ」

「なんと！」

三文字屋が、目と口をまん丸にしてこちらを見る。鼻の横のホクロも、驚いたようにひくりと跳ねた。

それはすごい。そんな才があったんだねと、旦那衆が口々にお花を褒めそやす。只次郎などは、「ああ、立派に成長しているんだなぁ」と目を潤ませている。

なんだか座り心地が悪くて、お花はもじもじと尻を動かす。考えたといっても、鰻の蒲焼きに合いそうなものを思いつく端から口にしただけのこと。こんなふうに手放しに褒められては、面映《おもは》ゆい。

だけど、嬉しい。お花が案を出した献立を、皆が喜んでくれている。鰻を焼くのは大変だったのに、「美味しい」のひと言で報《むく》われてしまうから不思議なものだ。

お妙が料理を作っているのも、そのためなのだろうか。自分の作ったものが人を喜ばせ、そして血肉になってゆく。居酒屋の女将《おかみ》とはいい仕事だと、はじめて思った。

「お料理って、面白いな」

心の声のつもりが、ぽつりと呟いていた。

ごく小さな呟きだったが、お妙には届いたようだ。まろやかな笑顔で尋ねてくる。

「じゃあ、覚えてみる？」

「えっ！」

ほんの数日前には、「そのうち」と断られてしまったのに。お妙の唐突な手のひら返しに、お花はしどろもどろになった。

「い、いいの？」

「面白いと思ったんでしょう？」

思った。でもどうせ、まだ教えてもらえまいと諦めていたのだ。

「どうする？」

重ねて問われ、お花は慌てた。狐《きつね》につままれたような気持ちだが、ぼんやりしているうちにお妙の気が変わっても困る。

「やる。教えて！」と、勢い込んで頷いた。

「なら明日から、少しずつね」

やった！

喜びに波打つ胸を、両手で押さえる。

なんの話題で盛り上がっているのか、小上がりでは旦那衆の笑い声が弾《はじ》けていた。あの中に割り込んで、「明日から、料理を覚えるの」と教えて回りたい。だけどもう、そこまで子供ではない。

お花はぐっと手を握り、喜びを噛み殺す。

一部始終を横で聞いていたお勝が、盃を干してにやりと笑った。

「明日はその前に、髪を洗いな。アンタたち二人とも、鰻臭いったらありゃしないよ」

「菫の香」「酒の薬」「枸杞の葉」「烏柄杓」は、ランティエ二〇二一年六月～九月号に掲載された作品に、修正を加えたものです。

「夏土用」は書き下ろしです。

時代小説文庫
さ 19-13

すみれ飴《あめ》 花暦《はなごよみ》 居酒屋《いざかや》ぜんや

著者 坂井希久子《さかいきくこ》
2021年10月18日第一刷発行

発行者 角川春樹

発行所 株式会社 角川春樹事務所
〒102-0074 東京都千代田区九段南2-1-30 イタリア文化会館

電話 03(3263)5247[編集] 03(3263)5881[営業]

印刷・製本 中央精版印刷株式会社

フォーマット・デザイン&シンボルマーク 芦澤泰偉

ISBN978-4-7584-4437-8 C0193

http://www.kadokawaharuki.co.jp/[営業]
fanmail@kadokawaharuki.co.jp[編集] ご意見・ご感想をお寄せください。

坂井希久子の本

ほかほか蕗《ふき》ご飯

居酒屋ぜんや

美声を放つ鶯を育てて生計を立てている、貧乏旗本の次男坊・林只次郎。ある日暖簾をくぐった居酒屋で、女将・お妙の笑顔と素朴な絶品料理に一目惚れ。美味しい料理と癒しに満ちた連作時代小説第一巻。（解説・上田秀人）

ふんわり穴子天

居酒屋ぜんや

只次郎は大店の主人たちとお妙が作った花見弁当を囲み、至福のときを堪能する。しかし、あちこちからお妙に忍びよる男の影が心配で……。彩り豊かな料理が数々登場する傑作人情小説第二巻。（解説・新井見枝香）

坂井希久子の本

ころころ手鞠《てまり》ずし
居酒屋ぜんや

「ぜんや」の馴染み客・升川屋喜兵衛の嫁・お志乃が子を宿して、もう七月。お妙は、喜兵衛から近ごろ嫁姑の関係がぎくしゃくしていると聞き、お志乃を励ましにいくことになった。人の心の機微を濃やかに描く第三巻。

さくさくかるめいら
居酒屋ぜんや

林家で只次郎の姪・お栄の桃の節句を祝うこととなり、その祖父・柳井も声をかけられた。土産に張り切る柳井はお妙に相談を持ちかける。一方、お妙の笑顔と料理にぞっこんの只次郎に恋敵が現れる。ゆったり嗜む第四巻。

坂井希久子の本

つるつる鮎《あゆ》そうめん
居酒屋ぜんや

山王祭に賑わう江戸。出門を禁じられている武家人の只次郎は、甥・乙松が高熱を出し、町人に扮して急ぎ医者を呼びに走ることに。帰り道「ぜんや」に寄ると、お妙に〝食欲がないときにいいもの〟を手渡される。体に良い食の知恵が詰まった第五巻。

あったかけんちん汁
居酒屋ぜんや

お妙は夫・善助の死についてある疑念にとらわれ、眠れない夜が続いていた。そんななか、菱屋のご隠居の炉開きで懐石料理を頼まれる。客をおもてなししたいというご隠居の想いを汲んだお妙は料理に腕をふるう。優しい絆に心あたたまる第六巻。